워런 버핏
이야기

움직이는 서재 과거와 현재와 미래를 연결시키는 지식 창고

책과 함께 있다면 그곳이 어디이든 서재입니다.
집에서든, 지하철에서든, 카페에서든 좋은 책 한 권이 있다면 독자는 자신만의 서재를
꾸려서 지식의 탐험을 떠날 수 있습니다. 좋은 책이란, 시대와 세대를 초월해 지식과 감
동을 대물림하고, 다양한 연령들의 소통을 가능케 하는 힘이 있습니다. 움직이는 서재
는 공간의 한계, 시간의 장벽을 넘어선 독서 탐험의 동반자가 되겠습니다.

BUSINESS LEADERS: WARREN BUFFETT
Copyright ⓒ 2009 By Anne Janette Johnson

Korean translation copyright ⓒ 2016 by Bookpark Corporation.
This Korean edition published by arrangement with Morgan Reynolds Publishers, USA through Yu Ri
Jang Literary Agency, Seoul, Korea.

05
청소년
롤모델
시리즈

워런 버핏
이야기

부의 원리와 투자의
롤모델

앤 재닛 존슨 지음 | 권오열 옮김

움직이는
서재

'부'를 만들며 사는 일은
대단히 매력적인 인생입니다

돈의 원리가 궁금했던 아이

미디어를 통해 세계 많은 나라에 얼굴이 알려져 있는 워런 버핏은 2015년 현재 여든다섯 살로 여러분들이 '버핏 할아버지!'라고 불러도 될 만큼 나이를 많이 먹었지만 지금 이 순간에도 세계인들의 이목을 집중시키며 왕성한 투자 활동을 벌이고 있습니다.

그는 1930년 미국 경제가 아주 어려웠던 시기에 태어났으나 가정형편이 어렵진 않았습니다. 어릴 적부터 숫자놀이를 좋아했고 할아버지 식료품 가게를 드나들면서 장사에 관심이 많았습니다. 가게에서 파는 물건들이 각기 다른 이윤을 남기는 것이 신기하고 재미있었습니다.

버핏은 다른 아이들에 비해 '돈'의 세계에 관심이 많았습니다. 한때 정치인으로 변신하기도 했지만 주식중개일을 했던 아버지의 영향을 받았을 것입니다.

물론 아버지는 버핏이 너무 어릴 때부터 돈에 관심 갖는 것을 그리 달가워하진 않았습니다. 그러나 버핏의 부지런함과 열정을 인정했기에 성적이 떨어지지 않는 한 학교공부와 돈벌이를 병행하는 것에 대해 제재를 가하지 않았습니다. 버핏이 가장 신기했던 것은 돈이 제자리에 그냥 있지 않고 여기저기 돌아다닌다는 것과 돈의 액수가 불어나고 커지는 원리였습니다. 그는 그 원리를 알고 싶었습니다.

멋진 사람, 닮고 싶은 사람

버핏은 중학교 때 일찌감치 '나는 서른다섯 살에 백만장자가 될 거야.'라는 부자의 꿈을 꾸기 시작했습니다. 그리고 말로만 끝나지 않았습니다. 다른 친구들과는 많이 달랐지요.

꾸준히 아르바이트를 하고 신문배달을 했습니다. 신문배달을 하더라도 그냥 하는 것이 아니라 사업적으로 했습니다. 다른 무슨 사업을 해볼까 궁리도 많이 했고 직접 실행하기도 했습니다. 또 그렇게 모은 돈으로 아버지 허락을 얻어 직접 주식투자를 하기도 했습니다. 성적이 나쁘면 아버지의 통제가 들어오기 때문에 그것을 막기 위해 성적관리 또한 게을리하지 않았습니다.

버핏은 아버지가 인정했듯이, 부지런하고 열정적인 청소년기를 보냈습니다. 그러나 한 가지 아쉬운 점이 있다면 여자친구를 잘 못 사귀었다는 점입니다. 여자아이들 앞에선 말도 잘 못 하고 쑥스러움을 많이 타는 성격이었기 때문입니다.

어쨌든 버핏은 자라서 어릴 적 소원대로 자신의 돈도 불리고 다른 사람의 돈도 불려주는 '투자가'가 되었습니다. 그리고 그렇게 궁금해하던 돈이 불어나는 원리를 깨닫게 되면서 중학교 때 꿈이었던 백만장자를 넘어 마침내 세계 최고 부자의 자리에 올랐습니다.

버핏을 멋진 사람, 닮고 싶은 사람이라 하는 것은 그가 최고의 부자가 되어서가 아니라 부자가 되어서도 변함없이 옛친구들과 격 없이 어울리며 소박하게 살아간다는 점 때문입니다. 친구들보다 돈이 좀 많다는 이유로 목에 힘이 들어가는 속물과는 거리가 먼 사람이지요.

'투자가'가 된다는 것

주위를 둘러보면 '투자가'를 꿈꾸는 청소년들이 많이 있습니다. '부'를 만들며 사는 일은 대단히 매력적인 인생입니다. 부를 만드는 일에는 여러 가지가 있지만 우리는 가장 먼저 성공적인 기업가의 모습을 떠올립니다. 그러나 부를 만들기 위해 투자가가 되는 것도 멋진 방법입니다.

투자가는 또 다른 이름의 기업가입니다. 만약 여러분이 IT 사업도 하고 싶고, 바이오 사업도 하고 싶고, 패션사업도 하고 싶고, 엔터테인먼트 사업도 하고 싶고, 이것저것 여러 사업을 하고 싶다면, 가장 현명한 선택의 방법은 투자가가 되는 것입니다. 투자가가 되어 IT, 바이오, 패션, 엔터테인먼트 기업 중 성장 가능성이 가장 높은 주식을 사는 것이지요.

주식을 가지면 실제로 그 일을 하는 것은 아니지만, 해당 기업의 주주로서 그 사업에 참여하는 것만은 분명합니다. 그래서 투자가를 '자본주의의 꽃'이라 부릅니다.

투자가가 된다는 것은 여러 가지 기업가가 되는 것과 같은 이치입니다. 여러 인생을 동시에 살아볼 수 있는 배우라는 직업과도 닮았다고 할 수 있습니다. 투자가는 여러 기업가의 인생을 동시에 살고 있는 셈이니까요.

스승은 중요한 존재입니다

버핏은 처음에는 대학에 가기 싫어했습니다. 일찍부터 사업 현장에 뛰어들었고 남들보다 돈 버는 재능이 있다는 것을 스스로 확인했기에 대학을 시시하게 생각했습니다. 그러나 투자 분야에 진출해 대가大家가 되고 싶다면 경제학과 경영학을 탄탄하게 알아야 한다는 아버지의 충고에 마음을 바꿨습니다.

버핏은 대학 4년 동안 학점을 괜찮게 받았지만 대학생활이 재미있진 않았습니다. 대학 시절 때는 마음이 통하는 스승도 만나지 못했습니다. 그런데 대학원에서 진짜 스승을 만났습니다.

그가 만난 스승은 '가치투자'의 대가大家인 벤저민 그레이엄입니다. 그레이엄이 컬럼비아 경영대학원에서 학생들을 가르친다는 사실을 알게 된 버핏은 그분에게 배우고 싶어 컬럼비아 경영대학원에 들어갔습니다. 아마 그 스승을 만나지 못했다면 오늘날의 위대한 버핏은 존재하지 않았을지도 모릅니다. 스승의 존재는 그런 것입니다. 그러니 여러분도 좋은 스승을 만나는 일에 노력을 기울여야 합니다.

지력, 창의력 그리고 인내력과의 싸움

여러분은 자신이 앞으로 어떤 인생을 살지 예측할 수 있나요? 그건 아무도 예측하지 못합니다. 버핏도 마찬가지였습니다. 어릴 때부터 돈벌이에 관심이 많았지만 세계 최고 부자가 되리라는 것은 아무도 예측하지 못했습니다. 버핏은 멋지고 위대한 지금의 워런 버핏이 아닌, 돈은 많으나 인간적인 매력이 전혀 없는 사람이 되었을 수도 있습니다.

여러분은 그 차이가 무엇이라고 생각하나요? 그 차이는 삶에 대한 자신의 원칙을 세우고 그것을 지키는 태도입니다.

버핏은 이런 말을 한 적이 있습니다. 부자가 된다는 것은 자신의 지력, 창의력, 그리고 인내력과의 싸움에서 승리했다는 뜻이라고요. 먼 훗날 여러분도 버핏처럼 그 싸움에서 승리하게 되길 바랍니다.

투자자가 되어 부를 만들어보겠다는 여러분의 원대한 꿈을 응원합니다. 부에 대한 뜨거운 열정으로 살아온 워런 버핏의 존재가 앞으로 여러분들이 꿈을 이뤄가는 데 큰 자극이 되어줄 것입니다.

Part I 돈의 세계가 신기한 아이

1장 ▪ 나는 숫자의 세계가 너무 재미있어

2장 ▪ 학교보다 사업이 더 재미있는걸 어떡해

돈의 세계를 제대로
알려면 공부가 필요해

Part
II

Part III 진정한 부자로 향하는 길

PART 1

돈의 세계가 신기한 아이

1장

나는 숫자의
세계가
너무 재미있어

할아버지 가게는
정말 신기해

여섯 살짜리 꼬마 워런 버핏은 하루도 빼놓지 않고 할아버지의 식료품 가게인 '버핏 앤드 선'에서 놀았다. 그곳에 초콜릿이며 빵이며 콜라 등의 먹을 것이 잔뜩 있기 때문이 아니었다. 버핏의 할아버지인 어니스트 버핏은 돈 받고 파는 것을 마음대로 먹을 수 있게 할 사람이 아니었다. 아무리 손자여도 말이다.

할아버지는 심지어 아들이 일자리를 구하지 못해 돈벌이를 하지 못하는 상태였을 때에도 "먹을 것은 외상으로 주도록 하마"라고 말할 정도였다. 아들을 사랑하지 않아서가 아니라 그것이 할아버지의 사업 원칙이자 삶의 철학이었기 때문이다.

할아버지 가게는 꽤 컸고 직원들도 여럿 있었다. 맛있는 것을 마음대로 먹을 수 있는 것도 아닌데 버핏이 할아버지 가게 문턱이 닳도록 들락거리는 이유는 가게에 가면 재미있고 신기한 볼거리가 있기 때문이었다. 그것은 바로 사람들이 돈을 내고 뭔가를 사가는 모습이었다. 사람들이 사가는 식료품들은 할아버지가 만들어내는 것들이 아니었다. 할아버지도 어디선가 사와서 다시 사람들에게 파는 것이었다.

'할아버지는 저걸 얼마에 사서 10센트에 파는 걸까? 사람들은 왜 할아버지가 물건을 사는 곳에서 사지 않고 여기에서 사는 거지?'

어린 버핏은 그런 것들이 궁금하고 신기했다. 그리고 곧 버핏은 알게 되었다. 무언가를 사와서 사온 가격보다 더 비싸게 파는 '장사'라는 행위에서 이윤이 남는다는 것을 말이다.

꼬마 버핏은 그 사실을 아는 데서 그치지 않았다. 하루는 그동안 모아둔 용돈으로 할아버지 가게에서 5가지 종류의 껌을 샀다. 그리고 그 껌들을 이모에게 받았던 초록색 상자에 담았다. 5개의 칸으로 나누어져 있던 그 상자는 껌을 종류별로 넣고 들고 다니며 팔기에 안성맞춤이었다. 버핏은 스스로 장사를 해서 돈을 벌기로 결심하고 그걸 바로 실천했다.

"껌 사세요. 주시프루츠도 있고 스피어민트도 있어요."

"어머, 잘 됐다. 껌을 씹고 싶었는데 가게까지 사러 가기 귀찮았거든."

버핏은 마을을 돌아다니며 껌을 팔았는데 생각보다 껌이 잘 팔렸다. 껌 한 통을 사러 가게까지 가기 귀찮았던 사람들이 꽤 많았던 것이다.

'할아버지 가게에 물건을 사러 오는 사람들도 할아버지가 물건을 사는 곳까지 가기가 멀거나 귀찮아서 할아버지 가게에서 사는 걸 거야. 가격은 좀 더 비싸지만 말이야.'

버핏은 직접 껌을 팔면서 궁금했던 것을 스스로 알아나갔다. 그런데 어느 날 한 아주머니가 껌을 한 통이 아니라 한 개만 살 수 없냐고 물었다. 버핏은 고민하지 않고 바로 거절했다. 껌 한 통을 털어 한 개만 팔고 나면 남은 낱개 4개를 팔기 위해 더 많이 돌아다녀야 했기 때문이다. 버핏은 어린 나이에도 시간이 돈이라는 사실을 자신도 모르게 이미 알고 있었던 것이다.

초록색 상자가 다 비게 되면 버핏에게 남는 이윤은 2센트였다.

'우아, 내가 처음에 가지고 있던 돈보다 많아졌어. 정말 재미있는걸.'

버핏은 이번에는 콜라를 팔아보기로 했다. 밤에 집집마다 돌아다니면서 콜라를 팔았는데 껌을 팔 때처럼 마침 콜라가 필요했던 사람들이 있었다. 콜라 한 병에 5센트를 받았고 6병이 든 한 팩을 다 팔고 나니 5센트의 이윤이 남았다. 껌을 팔아서 생긴 이윤보다 훨씬 높았다.

'정말 재미있어. 파는 물건의 종류에 따라 남는 돈이 다르네.'

버핏은 가족들과 함께 아이오와에 있는 오코보지 호수로 여행을 갔을 때에도 모래사장에서 일광욕을 하는 사람들에게 콜라를 팔았다. 마을에서 파는 것보다 더 잘 팔렸다. 버핏은 콜라를 팔아 껌을 판 것보다 높은 이윤을 남긴 것에 신이 났다. 그리고 왜 그렇게 되는지 참 궁금했다.

내게 가장 재미있는 놀이기구는 스톱워치

버핏은 장사의 원리만 궁금해한 것이 아니었다. 숫자에 관련된 것은 모두 다 신기하고 궁금했다. 버핏이 숫자에 대해 관심을 갖기 시작한 것은 유치원에 들어갈 무렵부터였다. 할아버지의 가게를 드나들며 상품 판매에서 일어나는 이윤에 대해 관심을 갖게 된 것과 동시에 시간을 계산하는 일에 관심을 갖게 되었다. 누가 지금 몇 시냐고 물어보면 버핏은 "지금은 4시 35분 37초야."라고 구체적으로 대답하는 것을 재미있어 했다.

그 무렵 버핏이 가장 갖고 싶었던 물건은 시간을 정확히 측정해볼 수 있는 스톱워치였다. 그것을 가지고 있는 사람이 버핏의 주변에 있었는데 바로 앨리스 고모였다. 아버지의 여동생 앨리스는 키가 컸으며 학교 가정 선생님이었는데 아직 결혼을 하지 않아 할아버지 집에서 살고 있었다.

"고모, 스톱워치 저 주세요, 네?"

버핏은 고모를 보면 늘 졸랐다. 앨리스 고모는 버핏을 많이 예뻐했지만 버핏의 요구사항을 그냥 들어주지는 않았다.

"워런, 네게 스톱워치를 주는 데는 한 가지 조건이 있어."

"그게 뭔데요?"

"네가 먹기 싫어하는 아스파라거스를 먹어야 한다는 거야. 어때, 할 수 있겠어?"

버핏은 머릿속에 먹기 싫은 아스파라거스가 떠올라 얼굴을 잠시 찡그렸다. 그러나 스톱워치를 갖고 싶은 마음에 결국 아스파라거스를 먹기로 했다.

"네, 스톱워치 주시면 아스파라거스 먹을게요."

스톱워치를 손에 넣게 된 버핏은 싱글벙글했다. 스톱워치만 있으면 혼자서 놀아도 심심한 줄을 몰랐다. 창밖을 바라보면서 사람들이 한 상점에서 다음 상점까지 걸어가는 시간을 재는 것도 재미있었고, 누나 도리스가 화장실에 들어갔다 나오는 시간을 재는 것도, 자신이 숨을 얼마나 참을 수 있는지 재는 것도 재미있었다.

스톱워치로 할 수 있는 놀이는 너무나 많았다. 버핏은 새로운 놀이를 발견하고서는 누나와 여동생에게 그 놀이를 함께하자고 했다.

"내가 새로운 놀이를 하나 개발했는데, 아주 재미있어. 같이 하지 않을래?"

누나와 여동생은 미심쩍은 표정으로 버핏을 따라 나섰다. 버핏은 욕실로 가서 욕조에 물을 가득 채웠다. 그러고는 공깃돌 몇 개를 꺼내 들더니 욕조 끝부분 평평한 곳에 가지런히 세웠다. 각 공깃돌에는 '1번, 2번', 이런 식으로 각기 번호를 붙여놓았다. 버핏은 공깃돌을 경기에 출전하는 선수로 생각한 것이다. 그리고 스톱워치를 누르는 동시에 공깃돌을 욕조 속으로 밀어 넣었다.

그리고 가장 빠른 공깃돌이 결승 지점에 도착하는 순간 버핏은 스톱워치를 눌렀다. 그리고 만세를 불렀다. 공깃돌이 욕조 속에서 미끄러지고 구르면서 물이 빠지는 배수구를 향해 어느 공깃돌이 가장 빠르게 도착하나 경주를 하는 놀이였다.

"3번 공깃돌 선수의 우승입니다."

그리고 혼자 중얼거렸다.

"다음 경기에서는 기록을 단축해야 할 텐데……."

그러면서 다시 또 공깃돌을 굴렸다. 하지만 누나와 여동생은 그 놀이에 재미를 느끼지 못했다. 재미는커녕 시간이 갈수록 지루해 하품만 나왔다. 버핏 혼자만 재미있어했다. 누나 도리스는 버핏의 머리에 꿀밤을 한 대 먹이고 여동생 버티를 데리고 욕실을 나갔다. 그러나 버핏은 '스톱워치 놀이'에 푹 빠져 꿀밤의 아픔을 금세 잊었다.

버핏은 교회에 가서도 숫자만 생각했다. 목사님 설교는 재미있었지만 다른 것들은 지루했다. 그래서 버핏은 그 지루한 시간을 재미있게 보낼 수 있는 놀이를 개발했다. 그 놀이도 숫자와 관련이 있었다. 찬송가를 작곡한 작곡가들의 생애를 계산하는 것이었다.

찬송가집에 보면 작곡가들이 언제 태어나서 언제 사망했는지가 나와 있었다. 예를 들어 '그 어린 주 예수'의 작곡가 가브리엘은 '1856~1932년'으로 표기되어 있었다. 버핏은 그것을 보고 혼자 이렇게 따져보았다. '아, 이 사람은 일흔여섯 살까지 살았군. 그럼 오래 산 사람에 속하는 거야.' 하고 계산과 함께 분류를 해보는 숫자놀이였다.

그리고 그런 단순한 분류에서 끝내지 않고 확률을 계산해보기도 했다. 찬송가 작곡가들은 일반 사람들보다 너 조금 살았을까, 더 오래 살았을까, 아니면 비슷하게 살았을까를 생각해보았다. 다른 아이들은 생삭할 수 없는 엉뚱한 놀이였다. 그러나 버핏만의 이러한 숫자놀이와 확률놀이는 결코 쓸데없는 짓이 아니었다.

이는 그가 성장한 이후 '확률 계산의 귀재'가 되는 데 훌륭한 밑거름이 되어주었다. 확률을 계산할 수 있는 대상은 생활 속 어디든지 널려 있었고 버핏은 그런 것들을 놓치지 않았다. 그가 가진 탁월한 확률 계산의 재능은 대부분 이렇게 생활 속에서 깨우친 것들이었다.

내가 병뚜껑을 왜
모으는지 다들 모르지?

　버핏이 숫자에 큰 관심을 갖고 숫자를 잘 기억하는 비상한 능력을 갖게 된 데에는 부모님의 영향력이 컸다. 아버지 하워드 버핏은 주식중개인이었고 어머니 레일라 또한 숫자 계산에 남다른 능력을 보였다. 버핏의 어머니는 수학을 매우 잘했는데, 그녀가 대학을 다니다 말고 결혼하겠다고 했을 때 미적분학 교수가 실망하여 들고 있던 책을 내동댕이쳤을 정도였다.

　버핏이 평생에 걸쳐 가장 존경하고 큰 영향을 받은 사람은 아버지였다. 어린 시절 어머니와의 사이는 별로 좋지 않았다. 예민하고 감정 조절을 잘 못 하는 편인 어머니는 마음에 안

●●워런 버핏의 아버지 하워드 버핏. 버핏은
어머니보다 아버지를 더 따랐고 그의 영향
을 많이 받았다.

드는 일이 있으면 신경질적인 반응을 보이거나 상대가 질릴
정도로 잔소리를 해대기도 했다. 버핏은 그런 어머니에게 깊
은 친밀감을 갖지 못했다.

집에만 있는 생활에서 벗어나 초등학교에 들어가게 되자
버핏은 매우 즐거웠다. 어머니의 잔소리와 신경질로부터 해
방되었다는 생각 때문이었다. 버핏에게 학교는 완전히 새로
운 세상이었다.

학교에서 가장 먼저 사귄 친구는 밥 러셀과 스튜 에릭슨이
었다. 버핏은 밥과 학교에 갈 때도 같이 갔으며 방과 후에도

함께 놀았다. 버핏은 가능한 한 어머니와 있는 시간을 줄이기 위해 아버지가 퇴근할 때까지 친구들과 놀곤 했다.

버핏과 밥은 버핏의 집 현관에서 거리를 지나가는 차들의 번호판을 공책에 적는 놀이를 좋아했다. 버핏의 어머니와 아버지는 그들이 왜 그런 놀이를 하는지 의아했지만 버핏이 워낙 숫자를 좋아하니 그러는 것으로 짐작하곤 했다. 하지만 버핏이 그 놀이를 하는 것에는 또 다른 이유가 숨어 있었다.

"이 길은 더글러스 카운티 은행으로 들어가고 빠져나오는 유일한 길이야. 만약 은행이 강도에게 털리면 경찰은 자동차 번호판을 이용해서 강도를 체포할 수 있을 거야. 그러니까 우리가 적은 차 번호가 중요한 단서가 될 수도 있단 말이지."

버핏이 밥에게 이 놀이를 하자며 설득할 때 했던 말이다. 숫자에 관한 놀이는 다 좋아했던 버핏은 단순히 숫자에 대한 것만이 아니라 숫자와 상상력을 결합시키기까지 했던 것이다.

숫자와 도형 그리고 통계 등에 푹 빠져 있던 버핏은 아주 어린 나이 때부터 수학에 남다른 재능을 보였다. 또 구체적인 수치 자료에 대한 신비스런 기억 능력을 갖고 있었다. 마치 사진을 찍은 듯한 상세한 기억력이었다. 친구 밥이 버핏에게 달력에 나오는 도시들의 이름을 읽어주면, 버핏은 각 도시의 인구를 완벽하게 기억해낼 수 있었다.

"워런, 네 머릿속은 대체 어떻게 생겼길래 기억을 그렇게 잘하는 거니?"

밥은 버핏이 한 번도 틀리지 않고 정확하게 각 도시의 인구수를 말하는 것을 보면서 혀를 내둘렀다.

일곱 살 때 버핏은 심한 열병에 걸린 적이 있었다. 의사들은 그가 죽을 수도 있다고 했다. 죽을지도 모른다는 생각에 두려움을 느낀 버핏은 침대에 누워 수학 문제를 풀고 자기가 살아날 경우 얼마나 부자가 될지를 계산하면서 불길한 생각을 떨쳐버리려 했다. 결국 그는 건강을 되찾았지만, 결코 죽음에 대한 공포를 잊은 적이 없다.

신앙이 깊은 부모 밑에서 성장했으면서도 버핏은 '영원한 삶'에 대한 기독교적인 믿음에서 위안을 찾지 못했다. 차라리 그는 돈 벌 방법을 궁리하는 것이 더 마음이 편하고 좋았다. 버핏은 계속해서 무엇인가를 모으고 숫자를 기억하는 모든 놀이를 좋아했다.

신문이나 성경에 어떤 문자가 가장 많이 나오는지도 계산했으며, 벤슨 도서관에서 빌린 책에 몰두하기도 했다. 그리고 열렬한 우표와 동전 수집가이기도 했다.

그러던 버핏이 여덟 살이 되자 새로운 것을 수집하기 시작했다. 그것은 바로 병뚜껑이었다. 버핏은 시내에 있는 식당과 카페를 다 돌아다니면서 병뚜껑을 모았다. 시중에 판매되는 모든 종류의 음료수병 뚜껑을 모았다. 그리고 저녁이 되면 하루 종일 모은 병뚜껑을 자기 방에 펼쳐놓고 종류별로 분류하고 개수를 셌다.

어떤 음료수가 가장 잘 팔리는지 알기 위해서였다. 단순히 병뚜껑을 모으는 게 아니었던 것이다. 또한 같은 병뚜껑이어도 식당과 자판기 음료수 병뚜껑을 다르게 구분했다. 자판기 음료수들은 어떤 게 잘 팔리는지 궁금해 자판기 옆 휴지통에서 찾아낸 음료수 뚜껑은 따로 구분해두었다. 그래야만 정확한 숫자를 뽑아낼 수 있다는 생각에서였다.

버핏은 이때부터 투자가로서의 잠재력을 보였다. 다른 사람들이 말하는 추측성 숫자가 아닌, 실제 현실에서 자신이 직접 정확한 숫자와 확률을 알아내는 능력은 투자가인 버핏의 정체성이나 마찬가지였다. 이러한 정체성은 어릴 때부터 잠재되어 있던 기질에서 비롯된 것이었다.

버핏의 숫자 외우기 습관은 여전했다. 병뚜껑에 있는 숫자에서부터 야구 카드에 있는 통계 수치나 자동차 번호판, 그리고 집 앞을 지나가는 자동차의 종류별 대수에 이르기까지 숫자 외우는 일을 좋아했다. 그러나 버핏에게 있어 숫자는 그냥 숫자가 아니라 언제나 통계성 숫자였다.

재산 목록 제1호는 동전교환기

버핏이 가장 좋아했던 장난감은 동전교환기였다. 할아버지 가게에 들렀을 때 할아버지와 잘 아는 아주머니가 선물로 준 것이었다. 그것은 허리에 찰 수 있게 만들어져 있었는데 버핏은 여기저기를 다니며 돈을 바꿔주는 놀이를 즐겼다. 버핏에게 '재산 1호'였던 이 동전교환기는 버핏의 어린 시절 동안 내내 함께한 물건이었다.

여느 아이들 같으면 벌어들인 돈으로 과자를 사먹거나 영화를 보러 갔을 것이다. 하지만 버핏은 달랐다. 그는 번 돈을 꼼꼼하게 계산했고 모두 모았다. 버핏은 언제나 자신이 갖고 있는 현금이 얼마인지를 정확하게 알고 있었다.

"이것을 차고 있으면 마치 어른들처럼 전문 직업인이 된 것 같아."

버핏은 동전교환기를 가리키며 누나나 친구들에게 이렇게 말하곤 했다.

버핏은 여전히 병뚜껑이나 동전과 우표를 수집했지만 시간이 갈수록 가장 모으고 싶었던 것은 현금이었다. 버핏은 껌이나 콜라를 팔아 생긴 돈을 아버지가 여섯 살이 되었을 때 기념으로 주었던 20달러와 함께 자기 책상 서랍에 잘 모아두었다. 버핏에게는 책상 서랍이 비밀 금고인 셈이었다.

'현금을 더 모으기 위해선 콜라를 파는 것만으로는 부족해. 다른 일을 해야 해.'

그런 생각을 하던 버핏은 열 살이 다 되어갈 때쯤 친구 스튜와 함께 새로운 일을 시작했다. 골프장에서 중고 골프공을 파는 일이었다. 그 중고 골프공은 골프장에서 몰래 주운 공이었다. 하지만 그 일을 오래 하진 못했다. 누군가가 아이들이 중고 골프공을 팔고 있다는 사실을 알리는 바람에 경찰에게 쫓겨났기 때문이다.

그렇다고 돈 버는 일을 포기할 버핏이 아니었다. 열 살이 되었을 때 버핏은 오마하 대학교의 미식축구 팀이 경기를 하는 경기장에서 땅콩과 팝콘을 팔았다. 그 일은 할아버지 가게에서 껌이나 콜라를 사서 되파는 것과는 달랐다. 아무나 그곳에서 땅콩이나 팝콘을 팔 수 없었기 때문이다. 버핏은 그 일 자리를 구하기 위해 아는 아저씨를 엄청 졸랐다. 결국 그 일 자리를 얻었을 때 버핏은 기뻐서 날아갈 것 같았다.

버핏은 사람들이 앉아 있는 스탠드를 누비고 다니며 목청 껏 외쳤다.

"땅콩이랑 팝콘 있어요. 땅콩이나 팝콘이 5센트! 땅콩이 랑 팝콘 사세요!"

장사는 첫날부터 꽤 잘되었다. 하지만 버핏은 자신이 갖고 있던 배지를 다 뺏긴 탓에 화가 났다. 그 배지들은 아버지가 지지하는 공화당 대통령 후보의 홍보용 배지들이었다.

아버지는 그 당시 대통령인 프랭클린 D. 루스벨트Franklin Delano Roosevelt가 3선에 도전하는 사실에 격하게 분노했고 공화당 대통령 후보인 웬델 윌키Wendell Willkie가 대통령이 되기를 간절히 바랐다.

버핏은 이런 아버지를 따라 공화당 후보를 홍보하는 배지 들을 셔츠에 달고 다녔는데 땅콩과 팝콘을 팔던 경기장에서 도 마찬가지였다. 그런데 경기장 매점 매니저가 배지를 못 달 게 하여 버핏은 배지를 앞치마에 넣어두었는데, 일을 마치고 일당을 계산할 때 매니저가 동전들과 함께 배지마저 몽땅 가져가 버린 것이다.

그날 번 돈은 지폐로 받았지만 배지는 버핏의 손으로 다시 돌아오지 않았다.

내 책보다 아버지 책이
더 재미있는걸

"너 또 아버지 책 읽는 거야? 넌 그게 재밌니?"

누나 도리스가 책에 머리를 박고 있는 버핏을 보고 말했다. 버핏은 책을 읽느라 누나의 말도 듣지 못했다. 도리스는 버핏 옆으로 다가와 어깨 너머로 버핏이 읽고 있는 책을 슬쩍 훑어보았다. 도무지 무슨 말인지 이해하기 어려웠다.

"도대체 저런 책이 뭐가 재미있다는 건지……. 워런, 숙제는 다 했니?"

버핏은 그제야 누나가 옆에 서 있는 것을 알아차렸다.

"숙제? 금방 할 거야. 이거 마저 읽고."

그러고는 버핏은 다시 책으로 눈을 돌렸다. 버핏이 읽고 있는 책은 아버지 서가에 꽂혀 있는 주식 관련 책들 중 하나였다. 버핏은 여덟 살 때부터 교과서보다 아버지 서가에 꽂힌 책들에 더 관심을 갖고 읽기 시작했다.

숫자와 통계와 확률이 세상에서 가장 재미있었던 버핏에게 주식이라는 세계는 신기한 마법의 세계였다. 버핏은 책에 나온 것처럼 혼자 주가의 등락을 차트로 만들어보기도 했다.

버핏은 열 살이 넘어서는 아버지 서가에 꽂혀 있는 책만으론 만족하지 못했다. 그래서 웅장한 기운을 내뿜는 '오마하 내셔널 뱅크' 빌딩 안에 있던 아버지 회사인 '버핏 앤드 컴퍼니'까지 찾아가기 시작했다.

"아버지, 방해 안 할 테니 사무실에 있게 해주세요."

버핏이 워낙 숫자를 좋아할 뿐 아니라 이미 주식에 대한 책을 읽고 있다는 것을 알고 있던 아버지는 아들의 요청을 기꺼이 받아들였다.

버핏은 아버지 사무실에서 주식에 관한 새로운 칼럼들을 읽거나 집에서 읽지 못한 책들을 읽곤 했다. 너무 재미있었다. 버핏은 그때 새로 읽게 된 책 중 벤저민 그레이엄의 《증권분석》이라는 책에 푹 빠져들었다.

그때 버핏이 했던 또 다른 중요한 경험은 아버지 사무실에서 두 층 아래에 있던 '해리스 업햄 앤드 컴퍼니'라는 지역 주식 거래 중개회사의 객장에 앉아 있는 일이었다. 그곳에 버핏을 데려간 사람들은 친할아버지 동생인 작은 할아버지 프랭크와 외할아버지 동생인 작은 할아버지 존이었다.

두 사람 모두 버핏을 귀여워했지만 서로를 좋아하지는 않았다. 두 사람이 나누는 대화법은 특이했다. 직접 대화를 하는 게 아니라 버핏을 가운데 앉히고 버핏을 통해 말을 주고받았다.

"쯧쯧, 저 사람은 저 회사 주식을 왜 사는지 몰라. 곧 휴지 조각이 되고 말 텐데……."

프랭크가 버핏에게 말하면 존이 다시 버핏에게 말했다.

"워런, 저 회사 주식을 팔고 있는 사람들은 후회하게 될 거란다. 이제 곧 다시 오를 테니까 말이야. 프랭크 할아버지께도 이 말을 좀 전해주렴."

"그런 바보 같은 생각을 하고 있다면 지금 당장 저 회사 주식을 사시지 왜 안 사시는지 여쭤봐라, 워런."

버핏은 두 할아버지가 하는 말을 들으며 그저 웃으며 듣고 있을 뿐이었다.

두 사람은 여러 가지 측면에서 서로 반대되는 생각을 했지만 서로 버핏을 자기 편으로 만들려고 애쓰는 것만은 같았다. 두 할아버지가 서로에게 어떻게 대하든 버핏은 두 할아버지를 모두 좋아했다. 특히 토요일 아침, 두 할아버지 사이에 앉아 주식시장 증권시세 표시기에 나타나는 숫자들을 보는 것은 매우 즐거운 일이었다.

월 스트리트의 그 아저씨들처럼 될 거야

버핏의 아버지는 자식들이 열 살이 되면 대서양 연안 쪽으로 여행을 갔다. 아무리 바빠도 그 일만은 빠트리지 않았다. 열 살이 되는 기념으로 떠나는 여행은 아이들에게 아주 뜻깊은 시간이 되었다. 버핏이 열 살이 되던 해에도 아버지는 여행을 계획했다. 버핏은 여행에서 자신이 보고 싶은 것을 분명히 아버지에게 말했다.

"아버지, 꼭 보고 싶은 곳이 세 군데 있어요. 첫 번째는 '스콧 스탬프 앤드 코인 컴퍼니'고요, 두 번째는 '라이오닐', 세 번째는 뉴욕 증권거래소예요."

세 군데 모두 주식과 관련된 곳이었다. 아버지는 버핏의 말을 들어주었다. 그는 아들을 데리고 가장 큰 주식 중개회사 중 하나로 꼽히는 회사의 사장이며 월 스트리트에서 가장 유명했던 시드니 와인버그도 만났으며, 뉴욕 증권거래소에서 근무하는 사람과 점심도 함께 먹었다. 버핏은 그 두 사람에게 뭐라고 설명할 순 없지만 특별한 자신감과 당당함을 느꼈다. 레스토랑 직원들도 그들을 특별하게 대해주는 것 같았다.

그 여행은 버핏에게 자신의 미래 모습에 대한 확실한 그림을 그리게 했다. 그것은 아버지와 함께 만난 월 스트리트의 아저씨들처럼 성공한 투자가가 되는 것이었다.

여행에서 돌아온 버핏의 일상은 겉보기에는 전과 크게 달라지지 않았다. 하지만 돈을 버는 일에는 더욱 열심이었다.

어느 날 버핏은 벤슨 도서관에 갔다가 마음에 쏙 드는 책을 발견했다. 그것은 바로《1,000달러를 버는 1,000가지 방법》이라는 책이었다. 제목부터가 버핏의 시선을 사로잡았다. 버핏은 주저하지 않고 그 책을 읽기 시작했다.

버핏에게 새로운 눈을 뜨게 해준 그 책은 '복리'라는 개념을 알려주었다. 즉 처음에는 비록 적은 돈이지만 일정한 비율로 이율이 붙어 오랜 시간 동안 계속 늘어나면 아주 큰돈이 될 수 있다는 사실을 알게 된 것이다. 이것은 버핏의 투자 인생에 있어 밑바탕이 되었고, 이 책은 버핏의 보물이 되었다.

버핏의 돈벌이는 계속되었다. 방과 후와 주말에 다른 아이들이 동네에서 야구를 하며 노는 동안 버핏은 콜라를 팔았고 신문배달을 했다. 적극적이고 활달한 편이었던 버핏에게는 친구가 많았지만, 낯선 곳을 찾아다니는 것보다 친숙한 환경에 머무르는 것을 더 좋아했다. 스포츠와 거친 게임에는 별로 흥미를 느끼지 못했다.

버핏은 자신이 예측할 수 없는 일들은 좋아하지 않았다. 그것은 버핏이 평생 고향 오마하를 좋아했던 이유이기도 했다. 오마하는 항상 친절하고 편안한 친구와 이웃들이 있는 예측 가능한 곳이었다. 그곳에서 그는 메이저리그 야구 통계와 도시 인구, 그리고 경마대회의 승률을 암기하며 성장했다. 버핏은 그런 것에서 즐거움을 느꼈다.

그중에서 버핏이 가장 좋아하는 것은 아버지 회사가 있는 빌딩에 가서 주식시장 증권시세 표시기를 지켜보는 일이었다. 그는 온갖 종류 주식의 도표를 만들곤 했다. 숫자가 많을수록 더 좋았다.

그는 증권시세 표시기를 통해 월 스트리트에서 오마하로

중계되는 가격을 살핀 다음 가지고 있던 수첩에 주식가격의 변동사항을 기록했다. 그리고 그가 중요하다고 생각되는 정보는 어떤 것이든 매 시간 아버지에게 알려주었다. 그러면 아버지는 다정한 목소리로 버핏을 칭찬해주곤 했다.

"우리 불덩어리 정말 잘하는데? 천재야 천재."

'불덩어리 Fireball'는 아버지가 아들 버핏에게 붙여준 애칭이었다.

버핏은 아버지를 매우 존경했다. 그는 성인이 된 후 종종 이런 말을 했다.

"만약 제가 아버지의 4분의 3만큼만 따라갈 수 있다면 저는 자신에 대해 아주 만족할 겁니다. 그분은 제가 알고 있는 가장 훌륭한 인간이었다고 생각합니다."

나는 서른다섯 살에
백만장자가 될 거야

《1,000달러를 버는 1,000가지 방법》을 읽고 난 뒤 버핏은 자신이 언제 백만장자가 될 수 있는지를 계산해보았다. 계산 결과 서른다섯 살로 나왔다. 버핏은 친구 스튜에게 말했다.

"나는 서른다섯 살에 백만장자가 될 거야."

"뭐? 백만장자? 그것도 서른다섯에?"

스튜는 웃었다.

"워런, 난 네가 다른 아이들보다 돈 버는 일에 타고난 재주가 있다고는 생각해, 숫자 외우는 것도 잘하고. 그렇지만 백만장자가 된다는 게 뭐 말처럼 쉬운 일이겠어?"

버핏도 스튜가 자기 말에 쉽게 동조할 거라고는 생각하지 않았다. 이제 겨우 열한 살짜리가 백만장자가 되겠다고 하니 아무리 친구라도 웃을 수밖에 없을 거라 생각했다. 그게 정상이었다. 더구나 그 당시 1941년은 백만장자를 꿈꾸기에는 미국 경제뿐만이 아닌 세계 경제가 너무 어려운 시기였다.

버핏은 속으로 생각했다.

'아직 시간이 충분해. 내겐 25년이라는 시간이 있잖아. 나는 해낼 수 있어. 돈을 더 많이 모으면 더 많이 투자할 수 있고 그러면 또 더 많은 돈이 생기는 거야. 난 나의 꿈을 이룰 수 있어. 하지만 지금 가진 것보다 돈을 좀 더 모아야 해. 어떻게 해야 하지?'

이런 궁리 끝에 버핏은 주식에 투자하기로 마음먹었다. 주식에 관심을 가지고 주식에 대한 책을 읽기 시작한 지도 벌써 5년이 넘었기에 이제 직접 주식을 사도 될 거라고 생각했다. 그래서 아버지에게 말했다.

"아버지 저도 주식을 사고 싶어요. 허락해주세요."

"할 수 있겠니? 주식투자를 하면 돈을 잃을 수도 있다는 걸 잘 알지? 아버지도 100퍼센트 확신을 가지고 중개를 하는 게 아니라는 것도? 어떤 결과를 내든 네 스스로 그것을 감당

해야 한다."

"네, 알아요. 아버지."

"정말 돈을 잃을 수도 있는데 괜찮겠니? 네가 열심히 일해서 모은 돈이잖아."

"네, 결심했어요. 제가 좋아하는 책 《1,000달러를 버는 1,000가지 방법》에 이런 말이 있었어요. '일단 시작하지 않으면 절대 성공할 수 없다. 시작하지 않으면 결과는 없다. 돈을 벌려면 우선 시작해야 한다. 미국에서 수십만 명이 많은 돈을 벌고 싶어 하지만 그 목표를 이루지 못하는 것은 바로 시작하지 않기 때문이다. 스스로 시작하지 않고 그런 일이 저절로 일어나기를 기다리고만 있기 때문이다.' 아버지도 읽어보셨죠? 이제 그걸 알았으니 실천을 하고 싶어요."

아버지는 아들 버핏을 흐뭇한 표정으로 바라보았다.

"돈을 잃어버릴지도 모르죠. 하지만 시작해보려고요. 만약, 만약……"

버핏은 잠시 머뭇거렸다. 주식에 투자하려는 돈은 여섯 살 때부터 꼬박 5년 동안 모은 돈이었다. 하지만 머뭇거린 시간은 잠시였다. 버핏은 단호한 표정으로 다시 말을 이었다.

"만약 잃어버린다 해도, 돈은 또 모으면 되니까요."

첫 투자에서 배운 세 가지 교훈

버핏은 그렇게 열한 살에 첫 주식투자를 하게 되었다. 누나 도리스를 설득해서 함께 주당 38달러를 주고 '시티스 서비스'라는 회사의 주식을 세 주씩 샀다. 처음에 누나는 버핏의 말에 동의하지 않았지만 늘 그랬듯 결국 버핏의 말에 설득당했다.

버핏이 그 회사의 주식을 산 이유는 그 주식을 잘 알아서가 아니었다. 아버지가 여러 해 동안 자기 고객들에게 권하던 주식이기 때문이었다. 그런데 버핏이 주식을 산 뒤 시티스 서비스의 주가는 38달러에서 27달러로 곤두박질쳤다.

"워런, 네 말을 들었던 게 잘못이었어. 시티스 서비스 주가가 또 떨어진 거 똑똑히 알고 있는 거지?"

주가가 떨어지는 동안 버핏은 매일같이 누나의 투덜거리는 소리를 들어야 했다. 하지만 그에 대해 딱히 뭐라 할 말이 없었다. 자신의 돈이야 자신의 선택이었으니 잃어도 어쩔 수 없는 거지만 누나의 경우는 달랐기 때문이다.

'누나는 내켜하지 않는데 내가 끌어들여서 이 지경이 된 거야. 정말 걱정인걸. 이러다 한 푼도 못 찾으면 어쩌지? 지

금이라도 팔아야 할까?'

버핏은 부담감과 책임감에 매일 밤 잠을 설쳤다. 다행히 주가가 다시 올라 40달러가 되었고 버핏은 얼른 주식을 팔았다. 누나와 버핏은 각각 5달러의 이익을 남길 수 있었다.

"포기하고 있었는데 정말 이익을 남겨주었네. 대단해, 워런. 넌 네 말에 책임을 진 거야."

버핏은 자신의 돈을 잃지 않은 점보다 누나의 돈을 지켜냈다는 사실에 큰 안도감을 느꼈다. 하지만 시티스 서비스의 주가가 매일 계속 치솟았고 나중에는 한 주에 202달러까지 오르자 후회하게 되었다.

'조금만 더 기다렸더라면 5배의 이익을 챙길 수 있었을 텐데……'

첫 주식투자를 통해 버핏은 세 가지 교훈을 얻었다. 그리고 그 교훈들은 평생 동안 투자가로서의 원칙이 되었다.

첫 번째 교훈은 투자에는 인내가 필요하다는 것, 두 번째 교훈은 이미 투자한 뒤로는 그 돈에 집착하지 말아야 한다는 것이었다. 그래야 조바심을 내지 않고 때를 기다릴 수 있기 때문이다. 그리고 마지막 세 번째 교훈은 자신의 돈이 아니라 다른 사람에게 투자를 권할 때는 더욱 신중해야 한다는 것이었다. 만약 다른 사람이 자신의 권유로 투자를 했는데 돈을 잃게 되면 그 책임감과 부담감을 잘 견딜 수 없을 것 같기 때문이었다.

'앞으로 내가 커서 전문 투자가가 된다면 성공을 확신할 수 없는 경우에는 다른 사람의 돈을 투자하지 않을 테야.'

버핏은 그 일을 통해 이런 결심을 했다.

2장

학교보다 사업이
더 재미있는걸
어떡해

오마하로
돌아가고 싶어

버핏이 주식투자에 처음 발을 들여놓은 그해 가을 어느 날이었다.

"그래서 당신 이름을 적었단 말이에요?"

버핏의 어머니가 아버지를 쳐다보며 물었다. 누나와 버핏 그리고 동생까지 아버지를 놀란 눈으로 쳐다보았다,

"그럼 어떡해? 아무도 나서려고 하질 않잖아. 상대가 민주당의 찰스이니 그럴 만도 하지."

아버지는 후보자란에 자신의 이름을 써넣은 종이를 들여다보며 대답했다.

버핏이 커가는 동안 아버지의 인생에는 큰 변화가 있었다. 주식중개인에서 정치인으로 직업을 바꾸게 된 것이다. 공화당 소속이었던 아버지는 이번 하원선거에 나갈 후보자를 뽑아야 하는 책임을 맡게 되었다. 이는 매우 난감한 일이었다.

상대방인 민주당 후보가 현직의원으로 인기를 얻고 있던 찰스 F. 매클로플른 의원이기 때문이었다. 누가 봐도 민주당의 승리가 확실한 상황이었다. 그 누구도 승패가 뻔한 싸움에 뛰어들려고 하지 않았다. 그래서 아버지는 후보자란에 어쩔 수 없이 자신의 이름을 써넣은 것이다. 아무도 나가지 않겠다니 방법이 없었던 것이다.

그렇게 엉겁결에 공화당 하원의원 후보가 된 탓에 선거운동도 제대로 할 수 없었다. 선거운동은 대부분 가족들의 몫이 되어버렸다. 우선 '하워드 버핏을 하원으로!'라는 간단한 구호를 적은 유세 전단지를 전봇대마다 붙였다. 그리고 시골에서 열리는 장터를 찾아다니면서 명함을 돌렸다.

사실 아버지는 내성적이라 사람들 앞에서 말을 잘하지 못했다. 대신 어머니는 사람을 좀 피곤하게 하는 성격이긴 했지만 사교성이 좋은 편으로 사람들 앞에 나서서 말하는 것을 좋아했다. 어머니는 사람들 앞에서 남편을 하원의원으로 뽑아

달라는 짧은 연설을 하기도 했다.

버핏 가족이 기획한 또 다른 선거운동은 15분짜리 라디오 광고물을 만드는 것이었다. 어머니가 오르간을 잔잔하게 연주하고 아버지가 가족들을 소개하는 내용이었다.

"제 큰 아이의 이름은 도리스, 열네 살입니다. 둘째 워런은 열한 살이지요."

아버지가 이렇게 말하면 버핏은 이렇게 말하기로 되어 있었다.

"아빠, 잠깐만요. 전 스포츠 액션을 읽고 있어요."

이어 아버지가 "우리 막내는 버티라는 애칭으로 불리죠."라고 말하고 나면 세 아이들이 '아름다운 아메리카'라는 노래를 불렀다.

이 광고는 별로 감동적이지는 않았지만 덕분에 자원봉사자들이 생기기는 했다. 하지만 경쟁자 찰스 쪽의 자원봉사자들에 비하면 턱없이 적은 수였다. 모두 최선을 다해 선거운동을 하고 있었지만 하워드가 당선될 것이라고 생각하는 가족이나 자원봉사자들은 없었다. 주위 평판은 더욱 그랬다.

드디어 선거일이 되었다. 누나는 수업을 마치고 돌아오는 길에 상점에 들러 예쁜 브로치를 하나 샀다.

"내일 학교에 갈 때 달 거야. 아버지가 선거에서 떨어질 거란 걸 알고 있지만 그래도 패배의 아픔을 달래줄 뭔가가 필요해."

누나의 말에 버핏은 아무런 대답도 하지 않았다. 여자들은 종종 이해할 수 없는 말을 한다고 생각했다.

패배를 예상한 아버지는 자신을 지지해준 유권자들에게

고맙다는 메시지를 담은 인사말을 쓰고는 일찌감치 잠자리에
들었다. 버핏을 포함한 다른 가족들도 일찍 잤다. 하지만 다
음날 아버지는 그 인사말을 수정해야 했다. 모두의 예상을 뒤
엎고 아버지가 하원의원에 당선된 것이다.

가족뿐만 아니라 누구도 아버지가 연방 하원의원이 되리
라고는 예상하지 못했다. 아버지의 지극히 보수적인 정치적
성향은 당시 미국의 전체적인 분위기와 잘 맞지 않아 보였다.
아버지는 루스벨트 대통령의 국내정책, 특히 대공황 시기에
실업자에게 정부 지원의 일자리를 제공한 사회보장법과 뉴딜
정책New Deal*을 맹렬히 공격했다.

자신의 능력과 노력으로 대공황의 힘든 시기를 극복했던
아버지는 루스벨트의 정책이 미국인들의 자조自助정신을 퇴색
시키고 있다고 믿었다.

그러나 민주당 루스벨트 대통령의 인기는 아주 대단했다.
그는 이미 세 번이나 대통령에 당선된 상태였으며 이는 역사
상 전례가 없는 일이었다. 그런 루스벨트의 인기를 등에 업고

---

* 실업자에게 일자리를 만들어주고, 경제 구조와 관행을 개혁하여 대공황으로 침체된 경
제를 되살리기 위해 루스벨트 대통령이 1933~1936년에 추진하기 시작한 경제정책.

있었고, 자신도 전폭적인 지지를 받고 있다고 믿어 의심치 않았던 찰스에게 낙선은 의외의 결과였다.

이러한 예상치 못한 결과는 버핏 가족의 삶을 크게 변화시켰다. 가족은 아버지의 원활한 의회 정치활동을 위해 정든 오마하를 떠나야 했다. 이는 버핏에게 매우 서운한 일이었다.

"기차에서 파는 것들은 상한 게 많아. 잘못 먹어 탈 나면 안 되니까 이걸 먹도록 해."

버핏을 예뻐하는 할아버지는 오마하를 떠나는 버핏에게 정성껏 포장한 음식 바구니를 주었다. 버핏은 할아버지와 헤어지는 것도, 정든 오마하를 떠나는 것도 내키지 않았다.

워싱턴과 그 주변 지역에 주택이 부족했기 때문에 버핏 가족은 아버지의 통근 거리 내에 거주할 만한 집을 찾을 수 없었다. 하는 수 없이 어머니와 세 아이들만 버지니아 주의 프레데릭스버그에 마련한 집으로 이사하고, 아버지 하워드는 워싱턴에 있는 한 호텔방을 빌려야 했다. 아버지는 주중에는 그곳에 머물다 주말에만 가족이 있는 프레데릭스버그로 돌아왔다.

할아버지 댁으로 갈래

버핏에게 버지니아에서의 생활은 너무 재미없었다. 우선 아버지를 매일 볼 수 없는 것이 무척 아쉬웠다. 특히 자신을 피곤하게 하는 어머니를 중간에서 막아줄 아버지라는 방어벽이 없어졌다는 게 가장 아쉽고 불편한 일이었다. 또한 돈을 벌 수 있는 일을 마음대로 할 수 없는 것도 불편하고 답답했다.

열두 살이 된 버핏은 처음 6주간을 8학년 반에서 보냈다. 오마하에서 학교 다닐 때보다 낮은 학년이었다. 그러니 재미가 더 없었다. 학교가 재미없으니 자꾸 돈 버는 일에 더 관심이 쏠렸다.

버핏은 돈을 벌기 위해 빵집 일자리를 구했으나 흥미를 느끼지 못해 오래 하진 못했다. 맡은 일이 빵을 굽는 일도, 빵을 파는 일도 아닌 그저 상점을 정리하는 일이었기 때문이다.

그에게 버지니아에서의 생활은 하나도 좋을 게 없었다. 오마하에 있을 땐 돈을 벌러 다녔어도 학교 공부를 소홀히하지 않았기에 좋은 성적을 유지할 수 있었다. 그러나 버지니아로 옮겨온 이후에는 성적도 떨어졌다. 공부에 의욕이 없었기 때문이었다. 버지니아에서의 생활에 적응하지 못한 버핏은 집에서도 학교에서도 가슴이 답답했고 힘들다는 생각만 들었다.

"숨을 쉴 수 없을 때가 있어요. 힘들어서 잠도 잘 수가 없어요. 하지만 차차 나아지겠죠. 너무 걱정 마세요."

버핏은 자신의 답답함을 아버지에게 말하고 싶었지만 아버지가 너무 걱정할 것 같아 그냥 이렇게 말해버렸다. 그러나 버핏의 답답함은 풀리지 않았고 할아버지에게 자신의 심정을 편지로 이야기하기로 했다. 버핏의 편지를 받은 할아버지는 버핏의 부모님에게 이렇게 편지를 써보냈다.

'워런을 내가 데리고 있을 테니 다시 오마하로 보내라. 너희가 내 손자를 망치겠구나.'

아버지와 어머니는 하는 수 없이 버핏을 오마하로 돌려보냈다.

"워런, 너를 위해 오마하로 보내주지만 거기서 오래 머물 수는 없어. 가족은 함께 살아야 하고 너는 여기서 공부해야 해. 몇 달 동안만 오마하에 있는 거야. 알았지?"

어떤 조건이 붙든 일단 오마하로 가는 것이 중요했기 때문에 버핏은 어머니의 말대로 하겠다는 약속을 했다.

오마하로 돌아온 버핏은 다시 로즈힐 학교에 다니게 되었다. 옛날 친구들과 다시 어울리자 버핏은 마음이 편안해졌다.

친구 부모님을 비롯하여 마을 어른들도 버핏을 잘 대해주었다. 마음의 안정을 찾은 버핏은 돈을 버는 방법에 대해 다시 궁리하기 시작했다.

이번에 생각해낸 방법은 폐지나 헌 잡지를 모아다가 파는 일이었다. 버핏이 폐지와 헌 잡지를 모아오면 고모가 폐지 수집상에게 태워다주었다. 폐지 45킬로그램을 가져가면 35센트를 받을 수 있었다.

할아버지가 여러 손자들 중에 특히 버핏을 예뻐하고 아끼는 이유는 버핏이 항상 돈을 버는 방법을 궁리했기 때문이었다. 상인 기질이 강한 할아버지는 그런 버핏의 태도가 마음에 들었다.

그렇다고 할아버지가 버핏을 너그럽게 대하는 것만은 아니었다. 자신의 가게에서 버핏에게 일을 시킬 때도 다른 직원들과 똑같이 대했다. 손자라서 봐주는 일은 없었다. 그리고 급료는 직원들보다 적게 주었다. 할아버지는 돈에 대해서도 철저하게 나름의 원칙을 지켰다.

버핏은 할아버지 가게에서 트럭 배달일을 자주 했다. 그 일을 하면서 버핏은 자신이 육체노동을 매우 싫어한다는 사실을 깨닫게 되었다.

버핏이 할아버지와 같이 사는 동안 가장 힘들었던 점은 바로 식사시간이었다. 버핏은 채소를 먹지 않는 편식 습관이 있었는데 할아버지는 이를 절대 봐주지 않았다. 할아버지는 버핏이 브로콜리와 아스파라거스 등 접시 위에 놓인 채소를 다 먹을 때까지 지켜보며 기다렸다. 버핏은 할아버지를 이길 수가 없었기에 억지로라도 그 채소들을 다 먹어야 했다.

할아버지의 잔소리만 빼면 할아버지 집에서 지내는 일은 재미있었다. 그 당시에는 자전거가 무척 귀했는데 누나가 이사하면서 가져가지 않은 파란색 자전거를 탈 수 있었던 것도 매우 즐거운 일이었다. 할아버지가 누나에게 선물한 그 자전거에는 누나의 이름 이니셜이 선명하게 적혀 있었다. 버핏은 얼마 뒤에 그 자전거에 돈을 더 주고 남자 자전거를 샀다.

버핏은 오마하로 돌아와 할아버지와 고모와 함께 살면서 옛 친구들과 어울려 지내는 것이 좋았다. 그동안 버지니아는 잠시 잊기로 했지만 가끔은 아버지가 몹시 보고 싶기도 했다.

여름에 가족들이 찾아와 함께 오코보지 호수로 짧은 휴가를 다녀온 뒤 버핏은 다시 버지니아로 돌아가야 했다. 여전히 오마하를 떠나기 싫었던 버핏이 잔뜩 구겨진 얼굴로 버티고 있자 아버지와 어머니는 이런 제안을 했다.

"워런, 네가 누나 자전거를 몰래 판 돈으로 산 네 새 자전거를 가져가도 좋다."

버핏은 그 제안에 솔깃했다. 어차피 아무리 고집부려봤자 이제 가족과 함께 버지니아로 가야 한다는 것을 알고 있었고, 이번 참에 자전거를 온전히 자신의 것으로 만들 수 있기 때문이었다. 하지만 그 말에 누나가 가만히 있을 리 없었다.

"이건 불공평해요. 내 자전거를 몰래 판 것은 훔친 거나 다름없어. 그런데 그 자전거를 어떻게 워런의 거라고 한단 말이에요?"

"여길 떠나기 싫어하는 워런에게 한 가지쯤 원하는 걸 해줘야 하잖아. 누나니까 네가 봐주렴."

어머니가 누나의 귀에 대고 속삭였다. 누나는 버핏의 얼굴을 힐끗 보고는 마지못해 고개를 끄덕였다. 몇 달 동안의 즐거웠던 오마하 생활을 뒤로하고 버핏은 가족과 함께 버지니아로 돌아갔다.

어른이 도움을 청하는 어린 사업가

　　버핏 가족은 버지니아에서 워싱턴으로 다시 한 번 이사를 했다. 매사추세츠 가에서 가까운 스프링 벨리였다. 스프링 벨리는 사회적으로 이름 있는 사람이나 공직자들을 위해 만들어진 주택가였다.

　　버핏의 집은 하얀색의 이층집이었다. 경제적인 부분이나 생활 환경은 오마하에 있을 때보다 나아졌지만 버핏은 여전히 워싱턴 주변에 사는 것이 마음에 들지 않았다. 그곳은 외교관들이 많이 살아서 그런지 마을 이웃들이 국제적인 느낌을 갖게 했다. 길 건너편에 사는 키브니 씨 부인은 상냥하고 친절했지만 다른 대부분의 어른들은 어딘지 모르게 권위적이고 딱딱한 인상을 풍겼다.

오마하에 살 때 버핏은 또래 친구들보다 어른들 사이에서 끼어 노는 걸 좋아했고, 또 그런 그를 어른들은 귀엽게 받아주었다. 교회든 어디든 어른들이 모여 있으면 옆에 앉아 그들의 이야기를 듣곤 했다. 버핏은 특히 아버지 친구들을 좋아했다. 아버지의 친구들 역시 버핏을 좋아하고 잘 대해주었다. 버핏을 '워러니'라고 부르던 그들은 버핏에게 이런저런 세상 이야기를 해주었다.

'아버지 친구분들은 정말 다 좋으셨는데, 그분들이랑 탁구를 치던 게 그리워.'

오마하에 살 때 도서관에서 책을 보면서 혼자 탁구 치는 법을 익힌 버핏은 YMCA 회관에서 탁구 연습을 했다. 그리고 지하실에서 아버지 친구들과 탁구를 치는 것을 무척 좋아했다.

'오마하에서 지내는 동안은 정말 재미있었어. 그런데 여긴 뭐야, 탁구대도 없고. 키브니 부인만 빼놓고 이곳 어른들은 나를 끼워주지 않아. 오마하가 정말 그리워.'

버핏은 계속 오마하를 그리워했지만 이제 어쩔 도리가 없었다. 그러던 어느 날 아버지 친구인 밀러가 오마하에서 전화를 걸어 버핏을 찾았다.

"워러니, 잘 지내니? 네 도움이 필요해서 전화했다. 내가 정말 아주 곤란한 상황에 빠졌단다. 회사 이사회에서 워싱턴에 있는 창고 물량을 다 처분하라고 하는데 큰일이지 뭐냐? 그 창고에는 오래된 콘플레이크 수백 킬로그램과 개 사료 수백 상자가 있거든. 그걸 처리하지 않으면 내가 큰 곤란을 겪게 될 것 같다. 난 지금 워싱턴에서 2,000킬로미터나 떨어져 있어. 그래서 네게 전화를 했단다. 내가 알고 있는 워싱턴 주변의 사업가는 너밖에 없거든."

사업가라는 말에 버핏은 기분이 매우 좋았다.

"난 네가 이 일을 잘 처리할 수 있다고 믿는다. 아마 곧 너희 집으로 창고에 보관 중이던 물건들이 배달될 거야. 네가 어떻게 하든 그것들을 처분해서 이익이 생기면 절반은 내게 보내주고 절반은 네가 갖는 거다. 어떠냐? 이만하면 괜찮은 협상이지?"

버핏은 평소에 좋아했던 아저씨의 부탁인 데다 또 돈이 들어오는 일이라고 하니 마다할 수가 없었다. 그러나 곧 집으로 들이닥친 콘플레이크와 개 사료를 보니 어떻게 처분해야 할지 막막했다. 얼마나 양이 많은지 차고와 지하실을 다 차지할 정도였다.

'개 사료는 당연히 개 사료를 파는 가게에 기존 가격보다 싸게 팔면 될 테고, 콘플레이크는 어쩌지? 신선하지 않으니 사람이 먹을 순 없을 텐데……'

버핏이 생각해낸 방법은 콘플레이크를 집에서 닭이나 오리 등을 기르는 사람들에게 파는 것이었다. 발품을 좀 많이 팔긴 했지만, 결국 개 사료와 플레이크를 모두 팔았다. 운송비를 제하고 100달러의 이익이 생겼고 밀러에게 절반인 50달러를 보냈다.

"고맙다, 네 덕분에 직장에서 쫓겨나지 않게 되었어."

50달러의 이익 때문이기도 했지만 밀러의 말에 버핏은 더욱 뿌듯함을 느꼈다.

신문배달도 사업적으로

밀러의 부탁을 잘 처리해준 일을 계기로 버핏은 다시 의욕을 갖게 되었다. 이곳 워싱턴에서도 뭔가 할 일이 있을 것 같아 버핏은 신이 났다.

'그래, 여긴 내 고향 오마하보다 큰 도시야. 내가 할 수 있는 일도 그만큼 더 많을 수 있어. 어차피 여기서 살아야 하는데 오마하는 그만 그리워하고 여기서 돈을 벌 수 있는 일을 찾아나서야 겠어.'

처음 버핏이 얻은 일자리는 골프장 캐디였다. 하지만 며칠 해보니 자신의 적성에 맞지 않는다는 것을 알게 되었다.

'내가 잘할 수 있고 더 노력해서 돈을 더 벌 수 있는 일자리를 찾아야겠어.'

며칠 동안 궁리를 한 버핏이 택한 일은 신문배달이었다. 버핏은 워낙 어른들과 어울리는 것을 좋아했기 때문에 뉴스에도 관심이 많았다. 어른들의 대화에 끼려면 세상 돌아가는 이야기 정도는 반드시 알아야 하기 때문이었다. 거기에다 머리를 써서 빠른 시간에 많이 배달하거나 새로운 구독자를 만들면 돈도 더 벌 수 있는 신문배달은 버핏의 구미를 당기게 하기에 충분한 일자리였다.

버핏이 처음 배달한 신문은 〈워싱턴 포스트〉였다. 하지만 곧 워싱턴의 다른 아침신문인 〈워싱턴 타임스-헤럴드〉를 더 선호하는 독자들도 많다는 사실을 알게 된 후 그 신문도 배달하기 시작했다. 그리고 얼마 후부터는 〈이브닝 스타〉라는 석

간신문도 배달했다.

배달 구역도 점점 넓혀갔다. 그러다가 고객에게 신문 구독을 권유하는 일에도 뛰어들었다. 다른 신문배달 소년들처럼 작은 배달 구역에 한 종류의 신문을 배달하는 것은 버핏의 성에 차지 않았기 때문이다.

그는 자신이 배달하는 구역에 대해 철저하게 기록했고, 버려진 신문을 찾아 아파트 복도를 샅샅이 살폈다. 신문에 붙은 계약 만료일 스티커를 보고 그 고객에게 신문이나 다른 잡지를 보도록 권하기 위해서였다. 또 구독료를 주지 않고 이사를 가버리는 사람들로부터 피해를 입지 않기 위해 관리인들에게도 협조를 구했다.

"아저씨에게 신문을 그냥 드릴게요. 내신에 이사 가는 집이 생기면 제게 알려주세요."

관리인들 입장에서야 힘든 일도 손해 보는 일도 아니었기에 기꺼이 버핏의 제안을 받아들여 이사가는 사람들의 이사 날짜를 알려주었다. 그러면 버핏은 즉시 그 고객을 찾아가 마지막 구독료를 챙겼다.

다른 아이들처럼 자전거를 타고 배달한다는 것은 같았지만, 새로운 배달 방법이나 새로운 구독자를 찾아냄으로써 훨씬 많은 돈을 번다는 점에서 버핏은 다른 소년들과 확실히 달랐다. 버핏이 신문배달을 점점 많이 하자 버핏의 아버지는 버핏으로부터 한 가지 약속을 받아냈다.

"네가 신문배달하는 것을 말리진 않겠다. 스스로 돈을 버는 일은 많은 것을 배울 수 있는 기회니까 말이다. 하지만 너의 현재 신분은 학생이야. 학교 성적이 떨어진다면 신문배달을 할 수 없다. 약속할 수 있겠니?"

"네, 아버지."

버핏은 수업시간에 딴 생각하지 않고 선생님 말씀에 집중해서 열심히 듣기만 한다면 현재 성적은 유지할 수 있다고 생각했기 때문에 주저없이 아버지와 그런 약속을 했다.

나도 여자아이들에게
관심이 많아

　　버핏은 자전거로 바람을 가르며 온갖 잡생각들을 날려 보
내거나, 그 순간 집중하여 빠른 속도로 정확하게 현관문 앞에
신문을 던져놓을 때의 느낌을 즐겼다. 그렇게 신문배달이라
는 새로운 재미가 생겼지만 고향 오마하에 대한 그리운 마음
은 없어지지 않았다.

　　누나는 그곳으로 이사온 뒤 우드로 윌슨 고등학교에 다녔
는데 오마하에 있을 때와 마찬가지로 인기가 좋았다. 하지만
앨리스 딜 중학교에 입학한 버핏은 처음에는 친구를 거의 사
귀지 못했다. 동생도 또래 친구들을 많이 사귀어 언제나 친구

들과 시끌벅적하게 지내고 있었으나 버핏만은 그러지 못했다.

버핏의 반에는 외교관 자녀들이 많았다. 그래서인지 외모가 세련된 멋쟁이 아이들이 많았다. 외모와 겉치장에 무신경한 버핏은 옷을 잘 못 입었다. 용돈을 타 쓰는 다른 친구들과 달리 직접 돈을 벌고 있는 그는 다른 아이들에 비하면 매우 부자였지만 옷을 사 입기 위해 자신의 금고에서 돈을 꺼내진 않았다. 버핏은 돈을 버는 것 못지않게 모으는 재미를 즐겼기 때문이었다.

"워런, 우리랑 미식축구할래?"

"그래, 이리 와 우리랑 같이 놀자. 혼자 그러고 있지 말고."

버핏은 친구들이 버핏에게 먼저 손을 내밀면 그들과 함께 미식축구를 하기도 했다. 하지만 도수가 높아 두꺼운 알의 안경을 쓴, 격한 운동을 좋아하지 않는 버핏은 미식축구가 별로 재미없었다. 몇 번 해보면서 과격한 운동임을 직접 느끼고는 겁이 더 나기만 했다. 얼마 후 버핏은 미식축구보다는 농구가 좀 낫지 않을까 싶어 농구하는 아이들과 어울려보려 했다. 이번에는 버핏이 먼저 다가갔다.

"나도 농구 게임에 끼워줘."

"안 될 거 없지. 그런데 안경은 벗고 하는 게 나을 텐데,

괜찮겠어?"

버핏은 미식축구를 피해 농구를 택했지만 막상 해보니 농구도 여간 격한 운동이 아니었다. 농구에도 큰 재미를 못 붙인 버핏은 결국 아이들과 적극적으로 어울리는 것을 포기한 채 자신이 해오던 대로 지내기로 마음 먹었다.

그런데 한 가지 아쉬운 점이 있었다. 여자친구 문제였다. 버핏은 여자애들에게 관심이 없는 게 아니었다. 단지 여자아이들의 꽁무니를 쫓아다니는 게 싫었을 뿐이었다. 그러나 여자아이들은 버핏이 자기들에게 관심이 없을 거라 생각하여 어울릴 기회를 주지 않았다.

사교댄스를 못 추니 여자아이들과 친해지기 힘들어

또한 버핏을 가장 곤란하게 만들었던 것은 사교댄스였다.

"모두 춤을 출 줄 아는데 나만 추지 못해. 안 그래도 여자들 앞에만 서면 어색해지는데 춤을 출 줄 모르니까 다들 날 아이 취급해. 남자로 대하질 않는다고."

버핏은 인기 많은 누나에게 하소연하듯 말했다. 그렇지만 누나가 해결해줄 수 있는 문제는 아니었다.

"춤을 추면 어른이 된 것 같은 기분이 들지. 또 남자와 여자가 친해지는 수단이 되기도 하고. 네가 춤을 못 배운 것은 정말 안타까운 일이야."

누나는 진심으로 안타까운 표정을 지으며 말했다.

"여기 학교 친구들은 다들 1~2년 전에 춤을 배웠다고 하더라고. 난들 안 추고 싶은 게 아닌데, 이사하는 바람에 시기를 놓쳐 못 배웠잖아. 너무 아쉬워."

버핏이 오마하를 떠날 때 버핏의 반 친구들 중에 춤을 출 줄 아는 아이는 없었지만 버핏이 이사한 직후에 오마하 친구들도 사교댄스를 배웠다. 그런데 한 학기 월반을 한 버핏보다 한 살이 많은 앨리스 딜 학교의 반 친구들은 사교댄스를 이미 배운 것이다. 춤을 통해 남자애들은 자신들이 여자를 이끌어야 한다는 묘한 의무감과 자부심, 그리고 여자애들의 허리를 잡으며 좀 더 가까워졌다는 생각에 한결 친해지곤 했다. 하지만 그런 시간을 갖지 못한 버핏은 학교생활에서 여자친구들과 어울리는 재미를 갖지 못했다.

버핏은 친구들과 어울려 다니지 않으니 혼자 있는 시간이 많았고 그 시간에 주식에 관한 공부에 좀 더 몰두하거나 돈 버는 궁리를 했다. 또는 아버지를 따라 국회의사당에 놀러가서 이 것저것 구경하며 오마하에서처럼 어른 친구들을 만나곤 했다.

버핏은 이상하게 또래들보다는 어른들하고 훨씬 더 친해 지기가 쉬웠다. 그렇다고 버핏이 어른 친구만 원했던 건 아니 었다. 또래 친구들도 필요했다.

그곳으로 이사한 지 1년쯤이 지나자 버핏은 좀 더 적극적 으로 친구들에게 다가갔다. 이번에는 방법을 다르게 했다. 자 신이 주도할 수 있는 화젯거리를 가지고 학교에 간 것이다. 그것은 주식과 관련된 차트들이었다.

"어, 이게 뭐야? 너 주식에 대해 잘 알아?"

버핏은 차트를 가리키며 친구들에게 자신이 그동안 공부 한 주식에 대한 이야기를 해주었다.

"그럼, 난 벌써 주식에 투자해서 이익을 낸 적도 있어. 누 나도 내 덕을 봤지."

"야, 정말 대단한걸."

"우리 엄마는 작년에 돈을 다 잃고 나서 다시는 절대 주식 은 하지 않겠다고 하셨거든. 그런데 요즘 다시 관심을 가지시 더라고."

"내 생각에 주식은 조바심을 내면 안 돼."

버핏은 차트를 보여주며 물 만난 고기처럼 신이 나서는 주식에 관한 아이들의 궁금증을 풀어주었다. 지금 현재 어느 회사의 주식이 얼마에 거래되고 있는지 등과 자신이 관심 있게 읽은 주식 관련 책들에 대해 말했다.

친구들은 버핏이 소개하는 새로운 세계에 호기심을 느꼈고 버핏과도 점차 가까워지기 시작했다.

버핏은 주식 말고도 뭐든지 차트로 그리고 만드는 것을 좋아했다. 심지어는 선생님들이 화를 내는 상황에 대한 차트를 만들기도 하는 차트 마니아가 되어버렸다. 수업시간에 수업은 안 듣고 차트를 만드는 일도 허다했다. 학교수업에 충실하고 성적을 잘 관리하겠다는 아버지와의 약속은 어느덧 희미해져 있었다.

그 당시 버핏은 존 맥레이와 로저 벨이라는 친구와 가까워졌는데, 그들과 함께 버핏은 사춘기 반항아의 길로 접어들기 시작했다.

내가 가출한 이유는
'허쉬 초콜릿' 공장에
가보고 싶어서야

어울릴 만한 친구들이 생긴 것은 매우 즐거운 일이었다. 그런데 문제는 버핏이 그때까지와는 다르게 어긋난 행동을 하기 시작했다는 것이었다. 스스로 생각해도 별 이유 없는 반항심이 끓어올랐고, 조금 나쁜 일을 저지르고 나면 반항심이 가라앉곤 했다. 중학생 나이의 많은 아이들이 그러하듯 버핏도 사춘기를 겪는 중이었다.

어린 시절에는 잘 웃고 명랑했던 버핏의 모습이 조금씩 사라져 갔다. 심지어 아무 이유 없이 단지 선생님에게 대항하고 싶다는 생각에 선생님이 얘기를 하고 있는데도 친구를 부추겨 체스를 두기도 했다. 또 수업시간에 골프공을 쪼개어 골프공에서 터져 나온 알 수 없는 액체가 천장까지 튀게 한 일도 있었는데 이 일은 친구들 사이에서 한동안 화젯거리가 되었다.

그러던 어느 날 버핏이 친구 존과 로저에게 말했다.

"우리 여행 가자."

"갑자기 무슨 여행?"

"매일매일 똑같은 생활이 답답하잖아. 늘 같은 어른들에게 뻔한 잔소리를 듣는 것도 지겹고. 그냥 여행이 아니라 돈을 벌러 가는 거야. 어른들은 우리가 아무것도 못 하는 줄 알잖아. 그렇지 않다는 걸 보여주고 싶어."

"우리가 돈을 번다고? 어떻게?"

"우리가 갈 곳은 펜실베니아의 허쉬야. 그곳 골프장에서 캐디 일을 할 수 있을 거야. 그리고 허쉬 초콜릿 공장에도 가 보는 거야. 자, 다들 나와 같이 가는 거지?"

처음에는 머뭇거리던 존과 로저도 여행하는 상상을 하더니 좋다고 했다.

"캐디 일이라, 그거 재밌겠다. 우리끼리의 여행이라는 것도 근사하고."

"게다가 돈도 벌 수 있다니 너무 멋진 계획인걸?"

사실 그즈음에 버핏과 친구들은 존의 아버지가 관리인으로 있는 개인 골프장에서 주인이 없을 때 마음껏 골프를 치며 놀 수 있었다. 그래서 골프를 칠 줄도 알았고 막 골프의 재미를 알아가고 있었다.

세 사람은 부모님에게 알리지 않고 여행을 떠났다. 로저는 어머니에게 자기들끼리 여행을 갈 거라고 이야기하긴 했지만 어머니는 그 말을 주의 깊게 듣지 않았다. 부모님 허락도 없이 학교수업도 빼먹고 간 여행이니 세 사람은 무단 가출을 한 거나 다름없었다.

"돈을 아껴야 하니 지나가는 차를 세워 태워달라고 하자."

버핏의 제안대로 세 사람은 차를 얻어 탔다. 차로 달린 지 3시간이 좀 못 되었을 때 드디어 허쉬에 도착했다. 집에서 240킬로미터나 떨어진 곳에 자기들끼리만 왔다는 사실은 세 사람을 몹시 들뜨게 했다.

"기분 좋다. 완전 자유를 얻은 기분이야."

"오늘은 날이 어두워졌으니 일단 숙소부터 잡고 내일 골프장에 가보는 거야."

셋은 조금 작은 규모의 호텔을 찾아 들어갔다.

"너희들끼리 온 거야? 여행 중인 거니?"

방값을 받은 뒤에 호텔 직원이 버핏과 친구들을 훑어보며 물었다.

"네, 우린 멀리서 왔어요. 워싱턴 스프링 밸리에서요."

"우리들끼리 여행하는 거예요. 1시간이나 기다렸다 차를 얻어 탔죠. 돈을 절약해야 하니까요."

"얼마나 신나는지 몰라요. 허쉬 초콜릿 공장도 가볼 거고, 우린 돈도 벌 계획이에요."

신나는 기분을 억제하지 못하고 세 사람은 호텔 직원에게 자랑을 늘어놓았다. 그리고 그 덕분에 다음 날 아침 프런트 앞에서 자신들을 기다리고 있는 덩치 큰 고속도로 순찰대원을 만나야 했다.

"너희들끼리 여행 중이라고? 혹시 가출한 것은 아니니?"

"아니에요."

"부모님에게 허락받고 시작한 여행이에요."

"정말이에요."

세 사람은 열심히 거짓말을 했다. 덕분에 무사히 그 호텔을 빠져나왔다. 어제와는 달리 불안한 기분이 들었고 서로 별말없이 열심히 걸었다.

"이쪽으로 가면 어디로 가는 거지?"

"글쎄, 아마 게티즈버그쯤 될 거야."

어제처럼 몇 번 지나가는 차를 얻어타려고 시도했지만 이번에는 쉽지 않았다. 버핏은 점점 불안해졌다. 친구들을 부추겨 집을 나온 책임감 때문에 어깨가 무겁고 앞으로의 일이 자신이 생각했던 것처럼 쉬울 것 같지 않았기 때문이었다.

밖에 나가보니 생각과는 많이 달라

드디어 트럭 한 대가 그들을 태워주었다. 트럭 안이 좁아 세 사람은 몸을 구겨 넣고 가야 했다. 트럭은 몹시 덜컹거렸으며 시끄러운 소리를 내며 달렸다. 그러는 동안 버핏과 친구들은 조금씩 무서워지기 시작했다.

서로 입 밖으로 표현하지는 않았지만 두려움과 집에 빨리 돌아가고 싶은 마음이 가득했다. 하지만 이미 트럭에 타버렸기 때문에 별다른 방법이 없었다. 볼티모어의 한 휴게소에 도착했을 때 두려움이 정점에 다다랐다. 세 사람이 한 명씩 각각 다른 트럭 운전사에게 맡겨졌기 때문이었다.

"왜 이 트럭을 타야 하죠?"

버핏은 겁이 나는 것을 감추며 최대한 당당한 목소리로 물었다.

"난 다른 쪽으로 가야 해. 그리고 이 트럭들은 작아서 너희를 한 명씩밖에 태울 수 없잖아."

그 트럭을 절대 타면 안 된다고 생각은 했지만 세 사람 모두 두려움에 더 이상 아무 말도 하지 않고 각각 트럭을 탔다. 그리고 트럭들은 휴게소를 떠났다. 처음에는 서로가 탄 트럭을 앞서거니 뒤서거니 볼 수 있었지만 점차 날이 어두워지자 알아볼 수가 없었다.

'이들은 우리를 데리고 가서 나쁜 곳에 넘길지도 몰라. 아, 이럴 수가.'

버핏은 나쁜 사람들 손에서 벗어날 수 없다는 공포감과 자신이 친구들을 이런 상황에 처하게 했다는 미안함에 무척 괴로웠다. 그리고 오로지 집에 돌아갈 수 있기만을 바랐다.

그런데 트럭 운전사들이 세 사람을 내려준 곳은 워싱턴이었다. 처음에 탔던 트럭 운전수가 워싱턴 방향으로 가는 트럭을 찾아 세 사람을 그곳까지 데려다 달라고 부탁한 것이었다.

버핏이 집에 무사히 도착하자 상심한 얼굴을 한 부모님이 그를 기다리고 있었다.

"워런, 너 왜 자꾸 우리를 실망시키니?"

"로저 어머니는 너희들이 가출한 것 때문에 충격으로 쓰러져 병원에 입원하셨어. 엄마도 정말 속상하다."

"넌 벌써 내게 했던 약속도 어겼어. 성적을 유지하겠다던 약속 말이다. 하지만 널 믿기에 조금은 더 기다려주겠다고 생각하고 신문배달을 계속 하게 두었는데, 결국 이런 상태까지 왔구나. 네 문제가 무엇인지 아버지에게 말해주겠니?"

버핏은 아무 말도 하지 않았다. 부모님에게 뭐라고 할 말이 없었다. 그저 허쉬 초콜릿 공장을 보고 싶었고 골프장에서 일을 해보고 싶었을 뿐이었는데 가출을 한 셈이 되고 말았다. 막상 실행을 해보니 생각과는 많이 다르다는 것을 알게 된 것이 이번 일을 통해 얻은 교훈이라고 할 수 있었다.

아버지의 지적대로 버핏의 학교성적은 정말 많이 떨어져 있었다. 전에는 A학점이 가장 많았었는데 성적표엔 C학점과 D학점 투성이였다. 그런데 단 한 과목만 다른 아이들에 비해 월등한 성적을 유지했다. 바로 타자 과목이었다.

그 당시 워싱턴에 있는 학교들은 도시의 특성상 타자교육을 매우 중요하게 생각하고 있었다. 버핏은 타자 과목에서 언제나 A학점을 받았고, 그 실력은 전교에서 가장 앞서 있었다.

버핏이 타자 과목에서 뛰어난 성적을 얻는 것에는 다 이유가 있었다.

그는 어렸을 때부터 숫자 외우기를 좋아하고 잘했는데, 이때 습득한 능력이 타자 과목에서 제대로 발휘된 것이다. 타자 실력은 타자 칠 것을 눈으로 보고 외우는 암기력과 손의 정확성이 따라야 하기 때문이었다. 버핏이 다니던 학교에서는 이 능력에 있어서 아무도 버핏을 따라오지 못했다.

3장

돈은 잘 모으지만,
옷은 잘
못 입는 소녀

돈 버는 일이
재미있어

버핏이 중학생이던 1940년대에는 타자기가 모두 수동이
었다. 그래서 한 줄을 다 치고 나면 줄을 바꾸기 위해 캐리지
를 오른쪽으로 밀고 나서 다음 줄을 쳐야 했다.

사춘기에 들면서 점점 학교공부에 흥미를 잃어가던 버핏
도 타자시간만은 재미를 느끼고 있었다. 버핏이 타자 과목에
재미를 느꼈던 이유는 좀 엉뚱했는데 캐리지를 오른쪽으로
밀 때 나는 '땡!' 소리를 듣는 것이 매우 기분 좋았기 때문이
었다.

타자 시험시간이면 다른 아이들은 버핏 때문에 괴로워했

다. 자신들은 이제 겨우 앞쪽의 단어를 치고 있는데 버핏이 빠른 속도로 타자를 쳐 '땡!' 소리를 일찍 내니 더욱 긴장되어 글자를 제대로 칠 수가 없었기 때문이었다.

버핏의 뛰어난 타자 능력은 신문배달 일에도 도움이 됐다. 자신이 배달하는 구역의 기록을 타자로 빠르고 꼼꼼히 정리함으로써 시간을 절약했고 거기에다 보급소 사무실에서 타자 일을 도와줌으로써 보급소장으로부터 인정받을 수 있었다. 버핏이 보급소에서 타자 치는 일을 도와준 것은 나름 계획적인 행동이었다.

버핏은 보급소장의 인정을 받게 됨으로써 텐리 타운에 있는 '웨스트 체스터'라는 주상복합 쇼핑몰을 자신의 배달 구역으로 넘겨받게 된 것이다. 그 구역을 맡는다는 것은 신문배달을 하는 사람으로서는 대단히 매력적인 일이었다. 그곳에는 우선 유명한 사람들이 많이 살았고 대부분의 집이 신문을 구독하고 있었다. 신문 구독료 때문에 골치 아프게 하는 집도 당연히 적었다.

"얻는 게 있으면 잃는 게 있는 것이 세상 이치라더니……."

버핏은 대신 아침에 배달하던 다른 두 구역을 포기해야겠다고 마음먹으면서 혼자 중얼거렸다. 웨스트 체스터는 워낙 구역이 커 생각보다 시간이 많이 걸렸기 때문이다. 웨스트 체스터는 110만 제곱미터가 넘는 땅에 들어선 5개의 빌딩으로 이루어진 쇼핑 타운이었다. 이 가운데 4개의 빌딩은 서로 연결되어 있었고 한 빌딩만 떨어져 있었다. 이 구역을 맡으면서 지금까지 배달하던 두 구역까지 다 맡는 것은 아무리 생각해도 무리였던 것이다.

'배달 구역이 너무 많으면 관리가 제대로 안 될 수 있어. 그러면 안 하니만 못하지. 많은 곳을 맡는 것도 중요하지만 신뢰를 쌓아야 해. 버핏이 배달하는 구역은 절대 시간이 늦거나 빠지는 날이 없이 정확하다는 믿음 말이야. 수금에 대해서도 그렇고.'

그래서 버핏은 이제껏 해왔던 두 구역의 배달을 포기하고 새로운 구역에 집중하기 시작했다. 경제적 이익을 생각했을 때 훨씬 나은 선택이었다. 버핏은 돈은 벌고 모으는 일이 재미있지만 돈이 저절로 벌리는 게 아니라는 것을 이러한 경험을 통해 차곡차곡 배워나갔다.

버핏은 신문배달을 위해 하루도 빠짐없이 새벽 4시 30분쯤에 일어나야 했으며 웨스트 체스터로 가는 첫 버스를 타기 위해 집에서부터 뛰어야 했다. 어떤 날은 버핏이 그 버스표를 가장 먼저 끊는 사람이 되기도 했다. 나중에는 첫 버스 운전기사도 버핏이 보이지 않으면 바로 출발하지 않고 버핏이 뛰어오는 모습이 보이는지 버스의 백미러를 통해 살펴보곤 했다.

워낙 배달 구역이 넓다 보니 배달을 하며 어려운 일이 많이 생겼다. 배달해야 하는 신문을 종류별로 나누는 데에만 몇 시간이 걸렸고, 신문이 부족할 때도 있었다. 버핏이 신문을 분류하고 챙기는 동안 사람들이 그냥 가져가버리기 때문이었다.

하지만 버핏은 일이 힘들어서 그만두겠다고 생각한 적이 없었다. 시간이 지날수록 여러 시행착오를 겪으면서 더 효율적인 방법을 찾아내는 것에 재미를 느끼고 있었다. 신문배달은 단순히 돈을 버는 일일 뿐만 아니라 자신과 싸워 이겨나가는 흥미진진한 게임이었다.

신문배달을 통해 일의 원칙을 배우다

버핏은 모든 신문을 각 집의 현관 계단에 떨어뜨릴 수 있는 가장 빠르고 쉬운 방법을 생각해냈다. 3, 6, 9층 등 몇 개 층을 중요 지점으로 지정한 다음, 그곳의 몇 개 층에 배달할 모든 신문을 더미로 먼저 갖다놓은 후 그것들을 빠른 속도로 해당 층의 고객들에게 뿌리는 방식이었다.

또한 그곳의 고객은 프런트 데스크에서 구독료를 낼 수 있었기 때문에 데스크 근무자들과 잘 지냄으로써 수백 개의 문을 노크해야 하는 수고를 덜 수 있었다.

버핏이 일을 잘한다는 사실이 보급소마다 알려졌다. 그는 한 번도 보급 소장에게 신문 구독료 결제 날짜를 어긴 적이 없었다. 자신이 하는 일에 책임을 질 줄 아는 성격이기 때문이었다. 일을 완벽하게 잘한다고 소장으로부터 채권을 선물로 받기도 했다.

그 일을 하며 버핏이 가장 싫어하는 것은 신문 구독료를 안 내는 고객이었다. 디구나 웨스트 체스터에 사는 사람이라면 신문 구독료 가지고 치사하게 굴면 안 된다고 생각했다. 버핏의 고객 중 가장 이해할 수 없었던 사람은 〈휴스턴 포스트〉라는 다른 신문사의 사장인 오제타 컬프 호비였다.

'신문사 사장이란 사람이 신문배달을 하는 소년에게 이럴 순 없어. 돈이 없는 것도 아닐 텐데 왜 구독료를 안 내? 게다가 자신도 신문사를 가지고 있으면서 어쩜 이렇게 할 수 있는 거지?'

신문 구독료가 몇 달치나 밀리자 버핏은 그녀가 구독료를 내지 않고 그냥 이사를 가버릴 수도 있겠다는 생각이 들었다. 그래서 그때부터 온갖 방법으로 구독료를 받기 위해 애를 썼다. 우선 메모를 써서 문틈에 끼어두곤 했다. 그래도 별 소용이 없자 버핏은 아침 6시에 그 집 문을 두드렸다. 그녀가 문을 열자 버핏은 꾸벅 인사를 하며 봉투를 내밀었다.

"밀린 구독료를 이 봉투에 넣어주세요."

결국 그녀는 버핏의 말대로 봉투에 구독료를 넣어서 돌려줄 수밖에 없었다.

신문배달을 통해 버핏은 자신의 역할을 충실히 수행하는 법을 알게 되었다. 그리고 일과 돈에 대한 정확한 원칙을 하나씩 배워갔다. 그런 원칙은 돈을 버는 일에만 적용되는 게 아니었다. 버핏은 자신이 벌어들인 돈에 대해 스스로 납세 신고서를 작성하여 제출했으며 꼬박꼬박 세금을 냈다. 그는 지금도 열세 살 때 제출한 첫 납세 신고서를 집무실의 서류철에 보관해두고 있다.

그 당시 열세 살짜리 소년이 쓴 신고서에는 자전거 값이 사업 비용으로 공제되어 있다.

버핏은 앨리스 딜 중학교를 졸업할 무렵 열네 살이었고 고등학생이 된 후의 월수입은 175달러를 넘어섰다. 그 당시 정규직으로 일하는 성인의 평균 임금이 월 215달러 수준이라는 점을 감안했을 때 버핏은 돈벌이에 있어 상당한 경지에 오르고 있었다.

버핏은 그렇게 돈을 많이 벌고 있었지만 부모님에게 용돈을 타 쓰는 아이들보다 더욱 알뜰했다. 옷을 잘 사 입지 않던 버핏이 어느 날 너구리 털옷을 샀을 때 친구들은 그가 좀 이상해졌다고 생각할 정도였다.

비행을 그만둔 건
신문배달 때문이야

버핏은 제때에 중학교 졸업을 하지 못할 뻔했다. 학교에서 졸업을 시키지 않으려 했기 때문이었다. 가출 사건을 비롯해 학교와 선생님들에게 자주 반항을 한 버핏은 미운털이 박혀 있었다. 1940년대 아이들은 대부분 학교와 선생님의 말에 복종하는 편이었는데 버핏과 몇몇 친구들은 그러지 않았다. 심지어 버핏은 졸업식 때 입어야 할 옷차림에 대해서도 반항을 했다.

"왜 꼭 졸업식에 양복 차림에 넥타이를 매고 와야 한다는 거죠? 너무 우스꽝스럽잖아요. 난 그러기 싫어요. 난 그냥 입던 대로 입고 올 거예요."

선생님은 기가 막혔다. 그동안의 학교생활로 봐서 졸업을 안 시키려고 하다가 버핏의 부모님이 사정사정하는 바람에 졸업을 허락한 건데, 이번에는 옷 문제로 또 반항을 하니 선생님은 할 말을 잃었다. 참다못한 선생님은 화를 냈다.

"워런, 도대체 너란 애는 앞으로 어떤 사람이 되려고 그러니? 내 생각에 사사건건 학교에 반항만 하는 너의 앞날은 그다지 밝지 않을 것 같구나."

대부분의 선생님들은 학교생활 내내 불량한 태도를 보인 버핏이 그대로 크면 어른이 되어서도 사회적 문제를 일으키는 사람이 될 거라고 생각했다. 하지만 누가 뭐라 해도 버핏의 부모님은 버핏에 대한 믿음을 포기하시 않았다.

중학교 시절 버핏이 저지른 나쁜 짓 중 가장 심한 것은 남의 물건을 훔치는 일이었다. 새로 사귄 돈 댄리와 찰리 트론이라는 친구들은 버핏에게 그 행동이 뭔가 특별한 반항의 의미를 갖는 것처럼 말하며 버핏을 유혹하곤 했다.

워싱턴에서 두 번째로 오래된 마을인 텐리 타운 한가운데 '시어스'라는 백화점이 새로 생겼다. 이 백화점은 현대적인 건축 디자인으로 그 동네 명소로 통했다. 이곳의 가장 놀라운 점은 지붕 위 백화점 표지판 뒤에 옥상 주차장이 있다는 것이었다. 그 옥상 주차장은 곧 남녀 고등학생들에게 인기 있는 장소가 되었다. 남녀가 몰래 데이트를 하기에 더없이 좋은 곳이기 때문이었다. 그리고 백화점 안에는 온갖 물건들이 화려하게 진열되어 있어 그것들을 보는 것만으로도 신기하고 즐거웠다. 백화점은 모든 중·고등학생들에게 최고의 인기 장소였다.

버핏과 친구들도 점심시간이나 토요일에 그 백화점에 가서 어슬렁거렸다. 대부분의 아이들은 지하에 있는 작고 어두운 음식 판매대를 좋아했다. 하루 종일 도넛을 뱉어내는 컨베이어 벨트가 설치되어 있어 그걸 구경하는 재미가 쏠쏠했기 때문이었다.

하지만 버핏과 친구들은 그곳에서 음식을 사먹지 않았다. 시어스 백화점 건너편에 있는 식당에서 햄버거를 먹으면서 창문을 통해 곧 자신들이 저지를 범죄행위를 사전 모의하는 긴장된 심정으로 시어스 백화점을 바라보았다. 버핏은 그때 무언가를 훔칠 때 느껴지는 것 못지않은 짜릿함을 느꼈다.

.

이유 없는 비행들

햄버거를 먹은 다음 버핏과 친구들은 계단을 통해 시어스 백화점의 지하층에 있는 음식 판매대를 지나 스포츠용품 파는 곳으로 갔다. 그리고 물건을 몰래 훔쳤다. 특히 골프가방과 골프채 같은 자신들에게 필요도 없는 것들을 아무 생각 없이 훔쳤다.

한 번도 들키지 않고 몇 번씩이나 도둑질을 할 수 있었던 점이 참으로 신기했다. 어른이 된 후에도 버핏은 그 일에 대해선 도통 설명할 수가 없었다. 그리고 왜 그런 짓을 했는지에 대해 아무리 생각해도 알 수가 없었다.

훔친 골프공을 팔아 돈을 챙긴 것도 아니있다. 별나른 목적이 없는 행동들이었다. 버핏은 훔친 골프공을 오렌지색 자루 여러 곳에 나눠 담은 후 벽장에 넣어두었다.

집 안에 골프공이 점점 많아지자 이번에는 다른 것을 훔쳐야 했다. 아버지와 어머니가 이상하게 여겼기 때문이었다.

"왜 골프공이 네 벽장에 저렇게나 많은 거니?

버핏은 곧 거짓말을 만들어 둘러댔다.

"한 친구 아버지가 돌아가셨어요. 그런데 그 친구는 아버지가 쓰시던 골프공을 보기가 싫다고 제게 맡기는 거예요. 그런데 자꾸 여기저기서 골프공을 찾아내게 된대요."

부모님이 버핏의 거짓말을 그대로 믿었을 리 없었다. 성적이 떨어질 때도, 나쁜 친구들과 어울려 다닌다는 것을 알면서도 줄곧 버핏을 믿었던 부모님도 이제는 어떤 조치를 취해야겠다고 생각했다.

"여보, 워런을 더 이상 그냥 보고만 있을 순 없어요. 어떻게 해야 다시 바른 길로 갈 수 있을까요?"

"내 생각에 워런을 현재의 상황에서 빠져나오게 할 수 있는 방법은 딱 한 가지뿐이오."

아버지의 생각은 정확했다. 1945년 버핏이 고등학교 생활을 시작할 무렵 아버지는 이렇게 말했다.

"지난 1~2년 동안 너는 너답지 않은 행동을 많이 했다. 더군다나 정당한 대가를 치르지 않고서 얻은 물건들을 갖고 있다는 것은 대단히 잘못된 일이다. 우리는 네게 많은 실망을 했다. 난 네가 무엇을 가장 잘할 수 있는지 알고 있다. 그건 너 자신도 잘 알 거다. 우리가 네게 100퍼센트 완벽을 요구하는 게 아니다. 하지만 분명히 알아둬야 할 것이다. 네가 계속 이런 식으로 행동한다면 넌 더 이상 신문배달은 물론 앞으로 다른 돈벌이도 할 수 없다. 대신 네가 가지고 있는 잠재력을 발휘해준다면 우리는 너를 다시 믿어줄 것이다. 이제 고등학교에 들어가면 중학교 때와는 다른 모습을 보여주길 바란다. 성적을 상위권으로 유지할 것을 약속해라."

버핏은 아버지 말을 듣고는 번뜩 정신이 들었다. 그리고 그 순간 자신이 앞으로 어떻게 해야 할지 깨달았다. 큰소리를 내며 화를 내는 것은 아니었지만 아버지의 말에는 무엇보다 강한 위력이 숨어 있었다.

버핏은 신문배달을 해서 버는 돈을 포기할 수 없었다. 이제 이유 없는 비행을 그만 해야 할 때가 왔다고 생각했다. 스스로도 자신이 그런 행동을 일삼는 이유를 댈 수 없을 뿐 아니라 시간이 지날수록 재미도 없어졌기 때문이었다. 특히 아버지 말처럼 옳지 않은 방법으로 물건을 갖는 일은 정말 어리석고 나쁜 일임을 깨닫게 되었다. 버핏은 이유 없는 비행을 이제 끝내겠다는 결심을 했다.

난 이미 특별한 아이가
되어버렸어

1945년 8월, 미국은 일본 히로시마와 나가사키에 각각 원자폭탄을 한 발씩 떨어뜨렸다. 그리고 다음 달인 9월 2일, 일본이 항복했다. 6년에 걸쳐 치러진 수많은 사상자를 낸 제2차 세계대전이 드디어 끝난 것이다.

그 무렵 버핏의 가족은 오마하에 가 있다가 몇 주 후 다시 워싱턴으로 돌아왔다. 그리고 버핏은 10학년으로 우드로 윌슨 고등학교에 다녔다. 그때 버핏의 나이는 열다섯 살에 불과했지만 이미 어엿한 사업가가 다 되어 있었다. 신문배달로만 번 돈이 2,000달러가 넘었다.

버핏은 그 돈을 아버지의 허락을 받고 '빌더스 서플라이 컴퍼니'라는 회사에 투자했다. 그 회사는 아버지가 사료회사에 이어 친구와 함께 세운 철물점이었다. 버핏은 그 투자로 이익을 보지도 않았으며 그렇다고 돈을 잃은 것도 아니었다. 그저 투자한 금액을 잃지 않을 정도였다.

또한 버핏은 혼자만의 결정으로 16만 제곱미터의 농장을 1,200달러에 샀다. 농사는 소작농에게 맡기고 이익은 소작농과 반반씩 나누었다. 그래서 그는 학교 친구들과 선생님들에게 자신을 이렇게 소개하곤 했다.

"중서부 지역에 농장을 가지고 있는 네브래스카 오마하 출신 워런 버핏입니다."

버핏은 항상 자신이 사업가라고 생각했지만 사실 그렇게 보이지는 않았다. 항상 낡은 운동화에 촌스럽고 헐렁한 바지를 입고 다녔다. 학교에서 버핏은 활달하게 돌아다니는 것보다 조용히 자기 자리에 앉아 아이들의 행동을 관찰하는 것을 좋아했다.

사실 버핏은 어떨 때는 다른 아이들처럼 평범하게 지내고 싶기도 했다. 그 또래가 그러하듯 이성에 대한 관심도 컸으며, 자신이 마음에 품은 이성과 친해지기 위해 온갖 노력을 하는 친구들처럼 하고 싶을 때도 있었다. 대부분의 또래들은 남자는 남자끼리 여자는 여자끼리 사교클럽을 만들고 이성친구를 사귀고, 가끔 한 아이의 집에서 파티를 열며 놀았다. 음료수와 핫도그, 아이스크림 등을 먹다가 남녀가 섞여 재미있는 게임을 하기도 했다.

하지만 버핏은 그런 파티에 잘 참석하지 않았고 가끔 끼더라도 구경만 했다. 버핏은 여자애들에게 무슨 말을 해야 그들이 좋아하는지 잘 알지 못했고 여자애들도 그런 버핏에게 별다른 관심을 두지 않았다.

'그래, 난 사업가잖아. 다른 아이들과는 차원이 다르지.'

이렇게 스스로를 위로하기도 했지만 가끔 다른 아이들처럼 여자친구를 사귀고 데이트를 하고 싶기도 했다. 그래서 한번은 자신이 남자로서 인기가 없는 이유가 빈약한 몸 때문이라는 생각에 남자다운 몸을 만들기 위해 바벨을 사서 열심히 운동을 하기도 했다.

하지만 그런 것들은 신문배달을 비롯한 돈 버는 일보다 매력적이지 않았다. 신문배달은 돈을 벌게 하는 수단 이외에도 세상을 배워나가는 좋은 경험이었다. 버핏은 신문배달을 통해 다른 아이들에 비해 점점 성숙해져가고 있었다. 직접 배달을 하면서 겪는 일들도 좋은 공부가 되었지만 배달하는 신문을 꼼꼼히 읽는 것도 버핏이 사업가로 성장하는 데 큰 도움이 되었다.

버핏은 정치와 사회면을 비롯해 신문의 모든 면을 꼼꼼히 읽었다. 물론 버핏이 가장 관심을 갖는 기사는 경제와 주식에 대한 기사였다.

오만하게 보였더니 친구가 없어졌어

자신이 평범한 아이로 지내기는 어렵겠다는 생각이 들자 버핏은 엉뚱한 행동을 하게 되었다. 좀 더 거만하고 오만하게 보이도록 행동했다. 마음에 들지 않는 선생님들에게 잘못된 주식 정보를 알려주기도 하는 등 자신의 특별함을 남에게 드러내고 싶어 했다.

한 번은 CBS 방송국 라디오 프로그램에 4명의 친구들과 함께 출연을 했다. 한 주제를 놓고 학생들끼리 논쟁을 하는 프로그램인데 방송 진행자는 버핏에게 토론의 열기를 뜨겁게 해달라고 부탁했다. 버핏의 무심한 듯하면서도 오만해 보이는 표정 때문이었다. 그래서 버핏은 스스로 생각해도 터무니없는 주장들을, 그렇지만 매우 논리정연하게 펼쳐냈다. 덕분에 진행자가 원한대로 방송의 열기는 뜨거웠다.

하지만 그 방송이 끝난 뒤 버핏은 자신이 원하지 않은 결과들을 받아들여야 했다. 재치 넘치는 반박과 빠른 변론 능력에 대해 인정받긴 했지만, 전체적으로 오만해 보이는 버핏의 태도 때문에 대부분의 반 친구들과 사이가 더 멀어지게 되었다.

버핏의 누나마저 버핏을 좋게 보지 않았다. 둘은 학교에서 마주쳐도 서로 아는 척도 하지 않았다.

'누나는 내가 자기 동생이라는 게 부끄럽고 싫은 거야. 내가 옷도 촌스럽게 입는 데다 건방지고 자기 멋대로라고 생각할 거야. 난 절대 이럴 의도가 아니었는데……, 나도 다른 친구들처럼 평범하게 지내고 싶다고.'

버핏은 자신에게 느껴지는 오만함을 버리도록 노력해보기로 했다. 그때 버핏의 머릿속에 떠오른 책이 하나 있었다. 예전에 아버지 책꽂이에 꽂혀 있던 데일 카네기의 《친구를 사귀는 방법》이었다. 그 책에는 사람들과 원만하게 지내고 사람들이 자신을 좋아하게 만들 수 있는 원칙이 소개되어 있었다. 버핏은 그 책을 찾아 다시 읽기 시작했다. 《친구를 사귀는 방법》에서 가르쳐주는 친구 사귀는 비법은 다음과 같았다.

'첫째, 남을 비판하지 말고 욕하지 말고 불평하지 마라. 둘째, 관심을 가져주고 칭찬을 해주어라. 셋째, 가장 듣기 좋은 말은 자기 이름이다. 넷째, 논쟁에서 이기는 법은 논쟁을 피하는 것이다. 다섯째, 잘못한 일이 있으면 빠르고도 분명하게 잘못을 인정해라. 여섯째, 직접적으로 명령하기보다는 질문을 해라. 일곱째, 다른 사람을 좋게 평가해라. 여덟째, 다른 사람의 실수를 직접적으로 지적하지 말고 체면을 세워주며 감싸줘라.'

버핏은 책에서 본 것을 그대로 실천하지는 않았다. 카네기의 이야기가 맞는지 자기 방식으로 정확하게 분석해보고 또 통계를 내보고 싶었다. 그래서 일부 사람들에게는 책에서 권하는 방식으로 대했고 다른 사람에게는 비판만 해보았다. 그리고 그 사람들의 반응을 열심히 살폈다. 그 결과 카네기의 원칙이 통계적으로 맞다는 사실을 밝혀냈다.

그 뒤로 버핏은 그 원칙들을 실천해나갔다. 하지만 쉬운 일은 아니었다. 자신도 모르게 남을 비판하기 쉬웠고 잘못을 바로 인정하기도 어려웠다. 나머지 원칙들도 마찬가지로 지키기 힘들었다.

'분명한 건 카네기가 책에서 말한 원칙대로 지내지 않았던 중학교 시절에 난 아무것도 이루지 못했고 친구들도 많이 사귀지 못했어. 카네기가 말한 친구를 사귀는 원칙대로 한다면 중학생 때와 달리 많은 친구를 사귈 수 있을 거야.'

버핏은 생활태도를 갑자기 바꾸는 게 힘들었지만 포기하지 않고 그 원칙들을 지키려고 노력하고 집중했다. 그러자 차츰 친구들과의 관계가 전에 비해 나아졌지만 만족할 만한 정도는 아니었다.

버핏이 만족감을 느끼는 순간은 여전히 신문배달을 하거나 다른 일을 해서 돈을 벌 때였다. 돈을 벌고자 하는 열정이 그의 외로움을 이겨내게 했다.

고등학교를 졸업할 때
모은 재산이 6,000달러였어

신문배달로 번 돈만으로는 성에 안 찬 버핏은 주식투자 외에 직접 할 수 있는 사업 아이템을 궁리하기 시작했다.

"폐차장에서 차를 사 수리한 다음 대여하는 사업을 해볼까 하는데, 너도 나와 같이 이 일을 해보지 않을래?"

열여섯 살의 버핏은 그와 가까운 같은 반 친구인 열일곱 살의 도널드 데인리에게 제안을 했다.

"자동차 대여사업이라……."

버핏이 다른 건 몰라도 사업가로서의 탁월한 재능을 갖고 있음을 알고 있던 도널드는 그 제안을 받아들였다.

"볼티모어에 있는 폐차장에 괜찮은 차들이 많대."

버핏의 정보에 따라 두 사람은 볼티모어에 가서 1928년형 롤스로이스 한 대를 350달러에 샀다. 그리고 그 차를 끌고 다시 워싱턴으로 돌아오는 동안 버핏과 도널드 그리고 재미삼아 따라온 한 여자친구는 한시도 마음을 놓을 수 없었다.

"아무리 폐차장에서 산 자동차라지만 이건 너무 하잖아?"

"금방이라도 고장이 나 서버릴 것 같아."

"상태가 이 정도인지 알았다면 안 샀을 거야."

버핏과 도널드는 돌아오는 길 내내 벌벌 떨며 교대로 운전을 했다. 그런데 워싱턴에 들어서자 교통경찰이 차를 세우게 했다. 버핏은 그 경찰이 왜 그러는지 알았다. 차에 번호판이 달려 있지 않았기 때문이다. 하지만 버핏이 아버지가 하원의원이라고 말하자 경찰은 그들을 그냥 보내주었다.

무사히 집에 도착한 뒤 버핏은 차 수리부터 해야겠다고 생각했다. 그 차를 그대로 대여할 순 없다고 판단했기 때문이었다. 버핏은 너트에 볼트를 끼워 맞출줄도 모를 정도로 기계에 대해서는 전혀 아는 바가 없었다. 경제 분야에만 뛰어난 재능을 갖고 있었던 것이다.

하지만 기술에 대해 관심이 많고 재능도 있던 도널드는 책을 보면서 차를 수리했다. 그리고 버핏과 도널드는 함께 칠을 해 원래 회색이던 차 색깔을 파란색으로 바꿨다.

차 색깔을 바꾸는 동안 버핏과 도널드는 평소에 하던 놀이를 했다. 도널드가 두 자리 숫자를 20개 정도 말하면 버핏이 그것을 암산으로 계산해 정답을 맞추는 놀이였다. 도널드는 미리 계산기를 통해 답을 알고 있었기 때문에 정답인지 아닌지 가려낼 수 있었다.

도널드는 친구 버핏이 분명 사업가로 크게 성공할 것이라는 확신이 있었다. 그래서 1951년 그의 아버지가 돌아가시면서 남긴 유산 6,000달러를 버핏에게 투자를 맡겼다. 그로부터 10년간 버핏은 도널드에게 그의 돈이 어떻게 투자되고 있는지 알려주었고 도널드는 버핏을 전폭적으로 믿었다.

또 그로부터 훨씬 뒤의 일이지만 도널드는 버핏이 투자조합을 세웠을 때도 2만 5,000달러를 투자함으로써 버크셔 주식을 갖게 되었고 그 이후로 한 주도 팔지 않았다. 도널드는 40년이 넘도록 매일 아침 버크셔 해서웨이의 주가를 확인하는 일을 인생의 낙으로 삼았다.

고등학생 사업가의 놀라운 성과

자동차 대여사업 말고 버핏과 도널드가 고등학교 시절에 함께한 사업이 또 있었다. 그것은 중고 핀볼 게임기(동전을 넣어 작동시키는 초기의 전자오락 기계-옮긴이) 대여사업이었다. 기술에 재능이 있던 도널드가 기술 이사를 맡고 버핏이 자금 공급을 맡기로 했다.

도널드와 버핏은 워싱턴의 상가와 중고품 매장을 훑고 다니면서 고장 난 핀볼 게임기를 찾았다. 버핏의 돈으로 기계들을 샀고 도널드는 수리를 맡았다. 그들은 첫 핀볼 게임기를 번화가인 위스콘신 가의 한 이발소에 설치했다. 그리고 게임기를 설치한 지 하루 만에 두 사람은 동전함에 가득한 5센트짜리 동전을 수거하여 4달러의 이익금을 얻었다.

"와, 대단하다. 하루만에 4달러를 벌다니!"

"워런, 너는 정말 돈 버는 데는 천재라니까."

핀볼 게임기의 소문을 듣고 여기저기 이발소에서 기계를 놔달라고 부탁했다. 핀볼 게임기를 놓도록 장소를 제공해준 곳에서도 그 대가로 이익을 얻을 수 있기 때문이었다. 게임기를 자기 이발소에도 놓아달라고 말하는 이발소 사장들에게 버핏은 이렇게 대답했다.

"우리 고집 센 윌슨 사장님께 말씀드려볼게요."

그 시기에는 성인들만이 핀볼 게임기를 임대하여 돈을 벌 수 있었기 때문에 버핏과 도널드는 가상의 인물을 사장으로 내세워서 사람들이 자신들은 배달만 하는 것으로 여기게 한 것이다. 그들은 총 7개의 게임기를 도널드가 수리한 1938년 형 뷰익Buick 자동차에 실어 도시 여기저기에 있는 이발소로 실어 보냈다.

처음에는 게임기 한 대로 시작했지만 두 소년은 곧 사업을 확장하게 되었다. 이번에는 좀 더 거창하게 '윌슨 동전 자동 기 회사'라는 회사 이름까지 내걸고 고객, 수리비, 구매비, 그리고 여행비 내역을 장부에 기록했다.

두 고등학생 사업가는 일주일에 한 번씩 이발소를 돌며 핀볼 게임기에서 동전을 수거했다. 이익금은 이발소 주인에게 절반을 주고 나머지 절반은 나눠가졌다. 몇 개월 지나지 않아 그들은 수리비, 구매비, 기름 값을 전부 제하고도 일주일에 각각 50달러를 벌어들였다.

학교공부에 더 이상 관심이 생기지 않은 버핏은 자기 사업을 하며 주식시장, 금융, 그리고 성공한 기업의 경영 원칙에 대한 책을 읽는 데 많은 시간을 쏟으면서도 상위권 성적을 유지했다. 고등학교에 들어갈 때 아버지와 한 약속 때문에 성적 관리에도 소홀히하지 않았기 때문이었다.

또한 학교의 선생님들은 버핏이 주식투자에 일가견이 있다는 것을 알고는 그에게 조언을 구하곤 했다. 그는 마음에 안 드는 선생님을 골탕 먹이기 위해 가끔 빗나간 조언을 해주기도 했다.

고등학교 시절 버핏은 언제나 그랬듯이 아버지와 따뜻한 관계를 유지했다. 하지만 그도 자기 나름의 정치적인 시각과 관점을 형성하기 시작했고 자신이 여러 점에서 아버지와는 다르다는 사실을 발견했다. 보수주의자였던 아버지는 루스벨트 대통령이 제정한 거의 모든 법령에 반대했고, '뉴딜정책이 높은 세금과 정부 보조의 형태로 국민을 정치적 노예로 만들며 미국의 목을 조르고 있다'며 공격했다.

1945년 제2차 세계대전이 끝난 후 버핏의 아버지는 루스벨트의 후임자인 해리 트루먼Harry Shippe Truman 대통령이 유럽 재건을 위해 금융 지원을 하려는 시도에도 반대했다. 그는 미국의 돈이 다른 나라를 돕는 데 쓰여서는 안 되며, 미국은 세계의 정치에 관여하지 말아야 한다는 정치적 신념을 갖고 있었다.

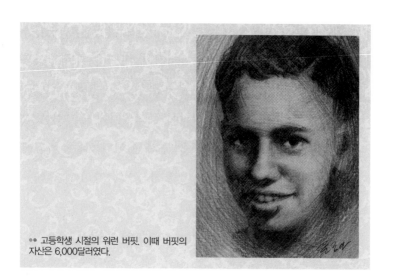

●● 고등학생 시절의 워런 버핏. 이때 버핏의 자산은 6,000달러였다.

버핏의 아버지는 평생 공화당원이었지만, 버핏의 정치적 성향은 점차 민주당 쪽으로 기울어졌다. 버핏은 미국 정부가 국내와 해외의 소외된 사람들을 지원해야 한다고 생각했다. 아버지와 달리 그는 부자들이 더 많은 세금을 냄으로써 가난한 사람들이 최악의 결핍 상태에서 벗어나도록 해야 한다고 생각했던 것이다.

제2차 세계대전을 끝내기 위해 미국이 일본에 핵폭탄을 터트린 후, 버핏은 미국이 외부 세계의 문제에 나 몰라라 하는 정책을 펴서는 안 되며 다른 국가들 사이의 분쟁을 평화적

으로 해결하는 일에 주도적으로 나서야 한다는 생각을 갖게
되었다. 이처럼 아버지와 서로 정치적 견해는 서로 달랐지만,
아버지에 대한 애틋한 감정은 변함이 없었다.

버핏은 고등학교를 우수한 성적으로 졸업했다. 1947년의
우드로 윌슨 고등학교 졸업생 374명 중에서 버핏은 16등을
했다. 고등학생 신분임에도 사업을 했던 그는 바쁜 와중에도
많은 책을 읽었으며, 주식투자까지 했다. 아주 바쁜 사업가
학생의 성적치곤 놀랄 만큼 좋은 성적이었다.

버핏은 아버지와의 약속을 지켜낸 것이 무엇보다 뿌듯했
다. 고등학교 졸업앨범에 있는 버핏의 사진 밑에는 이런 글이
쓰여 있다.

'수학을 좋아함, 미래의 주식중개인.'

그 무렵 버핏이 모은 돈은 무려 6,000달러나 되었다.

PART 2

돈의 세계를 제대로 알려면
공부가 필요해

4장

공부에
눈을 뜨다

아버지의 성화로
대학에 가다

 1947년 봄, 고등학교를 졸업한 버핏은 처음으로 아버지와 심각한 의견 대립이 있었다. 자라면서 정치적인 면에서 아버지와 다른 의견을 갖기도 했지만 버핏은 여전히 아버지를 존경하고 좋아했으며 가능한 한 아버지 말에 따르는 편이었다. 하지만 이번에는 쉽지 않은 문제에 부딪쳤다. 버핏의 대학 진학 문제였다.

 고등학생 신분으로 신문배달, 차 대여사업, 핀볼 게임기 사업 등으로 이미 많은 돈을 벌고 있었던 버핏은 대학에 진학하는 것이 무의미하다고 생각했다. 자신은 돈을 벌고 싶고 또 돈을 버는 것에 남들보다 재능이 있다는 사실을 이미 확인했는데 굳이 대학에 가서 시간을 보낼 필요가 없다고 생각한 것이다. 대학 등록금으로 차라리 괜찮은 사업에 투자를 하는 편이 훨씬 낫다고 생각했다.

"아버지, 전 제가 무엇을 하고 싶은지 이미 알고 있어요. 대학은 그것을 아직 못 찾은 사람들이나 가는 곳 아니겠어요? 제게 대학 진학은 시간과 돈을 낭비하는 것이라는 생각이 들어요. 차라리 그 돈으로 새로운 사업을 하거나 투자를 하고 싶어요."

하지만 버핏의 부모님 역시 완강하게 나왔다.

"네 뜻은 잘 알겠다. 하지만 아직은 네가 세상을 많이 살아보지 않아서 하나만 알고 둘은 모르는 거야. 사업은 어려운 일이다. 지금처럼 놀이하듯 할 수 있는 게 아니야. 경제학이야말로 인간의 총체적 활동이 포함되어 있는 학문이야. 나는 네가 대학에 가서 경제학과 경영학에 대해 좀 더 폭넓게 공부하길 바란다. 그래야 앞으로 네가 추구하는 분야에서 대가大家가 될 수 있을 거야. 한 분야의 대가가 되려면 순발력이나 재치 있는 아이디어만으로는 부족하단다."

"아버지 말씀이 맞아. 우리는 네가 펜실베이니아 대학 와튼 스쿨에 들어가는 걸 당연하게 여기고 있어. 넌 이미 그 학교 입학 허가를 받았잖니? 그런 명문 학교에서 공부할 기회를 놓칠 수 없지."

와튼 스쿨은 경영학 분야에서 미국 최고의 학부였다. 특히 펜실베이니아 대학교는 '빚은 슬픔이다', '시간은 돈이다', '1센트를 절약하면 1센트를 번다'라는 명언으로 유명한 벤저민 프랭클린이 만든 역사적 성과물이었다.

"넌 아주 강한 열정을 가지고 있어. 게다가 잠시도 헛된 시간을 보내지 않을 만큼 부지런하잖아. 그런 너에게 펜실베이니아 대학교는 아주 안성맞춤이라고 생각한다. 이 학교가 배출한 많은 졸업생들이 사회에 나와 비즈니스 면에서 중요한 자리를 꿰차고 있다는 사실이 무엇을 뜻하겠니?"

버핏과의 팽팽한 줄다리기 끝에 결국 아버지가 승리했다. 버핏은 항상 중요한 일을 결정할 때마다 아버지의 의견을 따라왔듯이 이번에도 결국 아버지의 의견에 따르기로 했다.

고향 오마하를 떠나 필라델피아의 와튼 스쿨로 길을 떠난 가을, 미래의 거장은 생각보다 훨씬 어려운 적응의 시간을 갖게 되었다. 같이 공부하게 된 학생들은 열일곱 살이었던 버핏보다 모두 나이가 많았다. 그들 중에는 스무 살을 훌쩍 넘긴

제2차 세계대전 참전 용사들도 있었다.

와튼 스쿨의 교정에는 버핏보다 다섯 살이나 많은 룸메이트 찰스 피터슨과 그와 비슷한 나이의 학생들로 우글거렸다. 버핏은 이에 쉽게 적응하지 못했다. 대부분의 학생들은 자기네들끼리 서로 잘 어울렸으며, 그 당시 유행인 재킷을 입고 반짝반짝 윤이 나는 구두를 신었다. 반면에 헐렁한 티셔츠와 낡은 운동화를 신은 버핏은 다른 학생들과 어울리기 힘들었다.

펜실베이니아 대학교에는 미식축구 최강 팀이 있었다. 가을이면 학생들은 미식축구 경기가 벌어지는 경기장을 돌아다니면서 데이트를 즐겼다. 또한 남학생은 남학생대로 여학생은 여학생대로 클럽의 파티를 즐겼다. 버핏은 미식축구에 흥미가 없었고 파티 역시 마찬가지였다.

버핏의 눈에는 중학교 미식축구나 대학의 미식축구가 다를 바 없어 보였다. 파티도 마찬가지였다. 그래서 버핏은 대부분의 시간을 새로운 사업에 대한 구상을 하거나, 돈을 세거나, 수집품을 정리하거나, 방에서 악기를 연주하면서 보냈다. 대부분의 학생들이 이성친구와 파티에서 춤을 추고 맥주를 마시며 즐길 때 버핏은 대학생들의 문화에서 점점 멀어지고 있었다.

하지만 공부에 대해서는 그 누구보다 준비가 잘 되어 있었다. 버핏은 이미 교수들이 강의 중에 소개하는 많은 경영 원칙들을 완전히 이해하고 있었고, 이따금 교수들의 견해에 반대 의견을 던져 맞서기도 했다. 뛰어난 기억력으로 자신의 주장을 뒷받침할 사실적 증거도 충분히 제시할 수 있었다.

시험공부를 따로 하지 않아도, 큰 펩시콜라 한 병을 홀짝이며 교과서를 몇 시간 읽으면 A학점 따는 건 일도 아니었다. 학교에서 공부벌레라는 별명을 갖고 있던 해리 베자라는 학생은 버핏이 따로 시험공부를 하지 않고도 좋은 성적을 내는 것을 보고 무척 속상해했다.

와튼 스쿨은 역시 내 체질이 아냐

와튼 스쿨에서 1년의 시간을 보낸 뒤 2학년 되자 버핏은 남학생 사교클럽인 '알파시그마파이클럽'에 가입하고 이 클럽의 방을 빌려 사용했다. 클럽은 기숙사나 식당보다 더 편리한 생활설비와 더 좋은 음식을 제공했다. 또 그곳에서 사교의 기회도 더 많이 가질 수 있었다. 버핏은 조금씩 이런 분위기에 적응해갔다.

버핏은 대학생이 되고 나서도 술보다는 펩시콜라를 즐겨 마셨다. 그는 평생 동안 술보다는 청량음료를 즐겼다. 또한 버핏은 유머감각도 갖추기 시작했다. 미국 중서부 지방의 약간 건조한 듯하면서 천연덕스런 스타일의 유머를 구사하는 능력이 뛰어났다. 그 유머감각이 친구들에게 서서히 버핏의 존재감을 만들어주었다.

하지만 중·고등학교 때와 마찬가지로 여학생들에게는 여전히 인기가 없었다. 대학 2학년이 될 때까지 단 한 번도 여학생과 단 둘이 데이트를 해본 적이 없던 버핏은 한 번은 브린 마워 대학에 다니는 앤 벡이라는 여학생과 데이트를 하게 되었다. 그녀와는 고등학교 시절에 이미 얼굴은 알고 지내던 사이였다.

그런데 앤 역시 버핏 못지않게 이성교제에 대한 부끄러움이 많으며 사교적이지 못했다. 그런 두 사람이 만났으니 그들의 데이트는 잘 될 리가 없었다. 둘은 어색한 침묵 속에서 필라델피아 시내를 걷기만 했다. 버핏은 그런 상황이 싫었고 어떻게든 분위기를 바꿔보려고 노력하는 대신 일찌감치 포기하는 쪽을 택해버렸다.

'이제부턴 억지로 데이트하지 않을 거야. 여자친구가 없으면 어때? 혼자서도 충분히 재미있게 지낼 수 있다고.'

여학생과의 데이트에는 숙맥이었지만 알파시그마파이클럽에서의 버핏의 인기는 점점 올라갔다. 그 당시 대학생들은 차가 거의 없었기 때문에 버핏이 렌트해서 쓰고 있는 포드 쿠페는 친구들 사이에서 매우 인기가 좋았다. 버핏은 그 차를 타고 새 룸메이트인 클라이드 레이하드와 함께 제법 먼 곳까지 가서 영화를 보곤 했다.

버핏에겐 남들이 부러워하는 자동차는 있지만 자동차에 태울 여자친구는 없었다. 이제 그 부분에 대해선 포기를 해버린 버핏은 사교클럽을 즐기는 자신만의 방법을 찾아갔다. 버핏은 남학생 사교클럽의 토요일 밤 파티에 여자친구도 없이, 손에 술잔 대신 콜라를 들고 나타났다. 그리고 구석자리에 앉아 주식 강의를 했다. 생각보다 많은 학생들이 버핏의 강의에 관심을 가졌다.

알파시그마파이클럽의 회원들은 돈이나 사업에 대해서는 항상 버핏의 생각이 옳다고 생각했다. 또한 버핏의 정치에 대한 식견에도 놀라워하며 버핏에게 경의를 표하기도 했다. 친구들은 버핏이 정치적인 성향이 강하다고 여겨 그를 '상원의

원'이라 불렀다.

그해 버핏의 아버지는 4선에 도전했다가 실패했다. 가족들은 더 이상 워싱턴에 있을 필요가 없었기에 고향 오마하로 돌아갔다. 아버지는 하원의원으로 일하는 동안 재산을 전혀 모으지 못했다. 그 당시 버핏의 누나와 버핏이 대학에 다니고 있고, 막내까지 대학 입학을 할 예정이기 때문에 돈이 많이 필요했다. 아버지는 돈을 벌기 위해 예전에 칼 포크와 조지 스클레니카와 설립했던 주식 중개회사로 돌아갔다.

하지만 아버지가 워싱턴에서 정치활동을 할 동안 모든 고객들을 관리하고 있었던 포크는 아버지에게 고객을 나눠주려고 하지 않았다. 그래서 아버지는 오마하 거리를 돌아다니거나 시골까지 들어가 농가의 문을 두드리며 새로운 고객들을 확보해야 했다.

버핏 역시 아버지의 재선 패배와 힘든 회사생활에 마음이 아팠다. 또한 직접 학교를 다녀본 결과 와튼 스쿨은 입학하기 전 버핏이 생각했던 것처럼, 자신과는 맞지 않는 곳이라는 생각에 더욱 괴로웠다. 버핏은 아버지에게 자신의 진심을 담은 편지를 썼다.

"아버지, 제가 생각했던 대로 와튼은 저와 맞지 않는 것 같습니다. 저도 가족이 있는 고향으로 돌아가겠습니다. 공부를 그만두겠다는 뜻이 아닙니다. 링컨에 있는 네브래스카 대학교에서 남은 대학생활을 하겠습니다. 이것이 훨씬 효율적이고 경제적일 거라는 생각에서 내린 결정이니, 제 뜻대로 하게 해주세요."

14

Warren Buffett

네브래스카 경영대에
편입해 졸업장을 받다

1949년, 버핏은 가족들이 있는 집으로 돌아와 집에서 가까운 네브래스가 대학에 편입 절차를 밟았다. 그는 학교에 1년만 더 다니고도 학사학위를 딸 수 있도록 공부 계획을 빡빡하게 짰다. 경영과 재정 분야에서만 6과목을 수강하기로 한 것이다.

그리고 공부 계획을 세우는 것과 동시에 일자리를 찾았다. 버핏이 하게 된 일은 〈링컨 저널〉이라는 신문의 시골 지역 보급 관리 책임자였다. 즉 네브래스카 주의 링컨 시 주변의 농업 지역에서 〈링컨 저널〉 배달원들을 관리하는 일이었다.

그 무렵 버핏은 누나의 남자친구 트루먼 우드와 반반씩 돈을 내고 자동차를 한 대 샀다. 자동차는 시간을 절약해줌과 동시에 생활을 편안하게 해주었다. 링컨에서의 생활은 바빴지만 안정감이 있었다.

오전에는 학교에서 수업을 듣고 오후에는 자동차를 타고 자신의 담당 지역의 배달 업무를 관리했다. 시골의 신문배달 소년들을 관리하는 일은 결코 쉬운 일이 아니었다. 하지만 버핏은 꼼꼼하고 책임감이 강했기에 소년들을 하나하나 잘 관리하여 예전에 자신이 그러했듯 정확한 배달과 확실한 수금의 노하우를 가르치고 그들을 독려했다. 그리고 가끔 지방 신문 편집자들을 만나 사업과 정치와 언론을 화제로 대화를 하는 것을 즐기기도 했다.

버핏은 신문배달 관리 일 외에 백화점에서 남성복과 남성용 액세서리를 파는 일도 했다. 두 가지 일을 하며 돈을 많이 벌게 되자 버핏은 점점 자신감이 강해졌다. 가을 무렵 버핏은 집에서 나와 링컨 시에 있는 집으로 이사를 했고 그 집에서 누나의 남자친구 트루먼 우드와 함께 지냈다.

버핏은 또 다른 사업을 시작했다. 어린 소년들을 고용하여 골프공을 찾게 하고 분류한 다음, 와튼 스쿨에 있을 때 사귄

제리 오랜스에게 보내 필라델피아에서 그것을 팔게 했다. 오랜스는 자신이 마치 그 지역의 독점 판매업자인 것처럼 굴었지만 실제로는 그렇지 않았다.

버핏은 사업을 할 때마다 동업자를 구했는데 항상 자신이 보다 많은 이익을 배당받고 또 의사 결정권도 가지는 조건으로 동업관계를 맺었다. 사업 아이디어는 거의 버핏이 냈고, 또 그가 주도적인 역할을 하는 방식이었기에 친구들도 순순히 버핏의 조건을 받아들였다.

네브래스카 대학을 다니는 동안 버핏이 한 일은 전부터 하고 있던 농장 관리 일과 신문배달 소년들을 관리하는 일 그리고 중고 골프공 사업이었다. 그리고 주식투자도 쉬지 않았다.

한번은 자동차 회사인 '카이저 프레이저'의 주식을 공매도 * 해야겠다고 생각했다. 버핏은 6개월 동안이나 그 주식을 지켜보았고 자신의 계산대로라면 주가는 곧 몇 센트로까지 떨어질 게 분명했다. 버핏은 통계를 바탕으로 한 자신의 예측을 믿었다. 그래서 카이저 프레이저 주식을 거래하던 영업장

---

* 공매도란 말 그대로 '없는 걸 판다'라는 뜻으로 주식이나 채권을 가지고 있지 않은 상태에서 팔겠다는 주문을 내는 것을 말한다. 주가가 하락할 것을 예상하고 주식을 빌려 판 후 그 돈으로 주가가 하락했을 때 주식을 사들여 그 차익을 갖는 방식이다.

으로 가서 담당자에게 이렇게 말했다.

"카이저 프레이저 주식을 공매도하려고 합니다."

그러자 그 담당자는 조금 어이없다는 표정을 지었다.

"카이저 프레이저 주식을 공매도하고 싶으니 주식을 빌려 주세요."

버핏은 다시 한 번 말했다. 그리고 그 주가가 왜 0달러가 될 것인지 증거자료를 제시하며 조목조목 설명했다. 처음에는 버핏의 말을 우습게 여기던 담당자도 버핏의 설명을 듣고는 반박할 수가 없었다. 그래서 반박의 의미로 고작 이렇게 물었다.

"그렇다 치더라도 당신은 법적으로 주식을 공매도할 수 있는 나이가 안 되는 것 같은데요?"

"네, 그러니 제 누나 이름으로 해주시면 됩니다."

버핏은 결국 공매도를 했고 카이저 프레이저 주가가 떨어지기를 기다리며 영업장을 자주 드나들었다. 그러는 사이 담당자인 밥 소너와 친해지게 되었다. 그리고 버핏의 예상대로 카이저 프레이저의 주가는 0달러 가까이까지 떨어졌고 버핏은 꽤 많은 이익을 얻게 되었다.

9,800달러의 잠재력

버핏에게 있어 돈을 버는 방법은 일을 하거나 투자를 하는 것만이 전부는 아니었다. 세상의 모든 일들을 꼼꼼하게 놓치지 않고 살펴보면 그 어느 틈엔가는 돈이 숨어 있었다.

어느 날, 학교 신문인 〈데일리 네브래스컨〉을 읽던 버핏의 눈이 반짝거렸다. 그의 시선을 잡아끈 기사 내용은 다음과 같았다.

'존 E. 밀러 장학금이 오늘 수여될 예정입니다. 지원자는 경영 행정 건물 300호로 3시까지 오기 바랍니다.'

장학금은 무려 500달러였다. 버핏은 조금의 망설임도 없이 경영 행정 선물 300호로 달려갔다. 그 장학금은 공부를 계속하기 위해 대학을 졸업하고 다른 학교에 입학할 계획을 갖고 있는 학생에게 주는 장학금으로, 지원하는 학생이 선택하는 학교가 적절한 조건을 갖추고 있기만 하면 받을 수 있는 장학금이었다. 그때 버핏은 하버드 대학원으로 진학할 생각을 갖고 있었기 때문에 그에게 안성맞춤인 기회였다.

그런데 3시가 지나도록 버핏 외에 장학금을 받기 위해 300호실을 찾는 이는 아무도 없었다.

"다른 학생이 올 때까지 좀 더 기다려보도록 할까요?"

"그럴까요?"

교수 세 명은 다른 신청자가 오기를 기다리려고 했다. 하지만 버핏은 교수들의 제안을 받아들일 수가 없었다.

"그건 안 됩니다. 분명 3시까지라고 신문에서 알렸잖습니까? 지금 벌써 3시를 넘었습니다. 그런 식이라면 내일도 모레도 끝없이 기다려야지요."

버핏은 결국 그 장학금을 받았다. 학보사로부터 생각지 않았던 장학금을 받고 나니 경영대학원을 진학하려던 그의 결심은 더욱 굳어졌다.

사실 처음에는 대학 진학조차 불필요한 일이라고 생각했던 버핏이지만 대학에서 공부를 하다 보니 경제학과 경영학이 자신에게 필요한 공부라는 생각을 하게 되었다. 그래서 아버지와 의논하여 하버드 경영대학원에 지원하기로 마음먹고 있던 참이었다.

버핏은 농장 관리 일과 신문배달 관리 일 그리고 중고 골프공 사업을 계속하면서 1950년 여름, 네브래스카 대학에서 학사 학위를 받았다. 그 당시 버핏은 다른 대학 졸업생들보다 두 살이 적은 스무 살이었다. 그리고 그때 그의 은행 계좌에

는 9,800달러가 있었다. 학생 신분으로 조기 졸업까지 할 수
있는 성적을 유지하면서 모은 돈 치고는 상당히 큰 액수였다.
버핏의 놀라운 열정과 잠재력을 확인할 수 있는 대목이다.

15

경제학 공부를
제대로 해야겠어

계획적으로 번 돈이 아닌 장학금까지 손에 넣은 버핏은 가벼운 마음으로 시카고로 가는 기차에 몸을 실었다. 하버드 경영대학원의 입학 면접시험을 보기 위해서였다. 그는 일반적인 대학 졸업생보다도 두 살이 적은 데다 하버드 경영대학원에 지원하는 사람들의 평균나이에 비하면 많이 어린 편이었다. 대학 성적은 좋은 편이었지만 그렇다고 최상위 그룹에 속한 것은 아니었기에 면접시험을 잘 봐야 했다.

'면접에서 좋은 인상을 남기려면 내가 가장 자신 있는 것을 말해야 해.'

그렇게 생각한 버핏은 면접시험에서 주식에 대한 이야기를 하기로 마음먹었다. 그때까지 자신이 주식 이야기를 하면 모든 사람들이 관심을 가지고 경청했기 때문에 자신 있었다. 많은 사람들이 버핏의 주식에 대한 식견을 높게 평가했다. 친구들은 물론이고 친척들, 부모님 친구, 그리고 고등학교 때의 선생님과 대학 교수님들 모두 그러했다. 그래서 버핏은 면접관들 앞에서 자신이 가장 잘 알고 있다고 생각하는 주식에 대해서 열심히 이야기하기로 마음을 굳힌 것이다.

하지만 면접시험은 10분 정도밖에 걸리지 않았고 버핏은 그 자리에서 바로 탈락 소식을 접했다. 면접관들이 원하는 사람은 미래의 리더가 될 리더십을 갖고 있는 인재였는데 버핏은 여러 가지 면에서 아직 이리고 부족해 보였던 것이다.

"버핏, 몇 년 뒤에 다시 한 번 우리 학교의 문을 두들겨주는 게 좋을 거 같네요."

부드러운 말투였지만 분명 단호한 거절의 표현이었다.

버핏으로서는 대단한 충격이었고 자존심이 상하는 일이었다. 게다가 너무나도 빠른 시간 안에 결정된 일이었기에 더욱 충격이 컸다. 버핏은 주식에 대한 자신의 해박한 지식을 말할 기회조차 얻지 못했다.

하버드 경영대학원의 면접 탈락 사건으로 인해 자존심이 상하긴 했지만 그렇다고 자신감을 잃을 정도는 아니었다. 버핏은 하버드에서 거절당한 다음 부지런히 다른 대학원을 알아보았다.

그러던 중 컬럼비아 대학교를 소개하는 광고지를 보다가 눈에 익은 사람의 이름을 보게 되었다. 다름 아닌 벤저민 그레이엄Benjamin Graham과 데이비드 도드David Dodd였다. 벤저민 그레이엄이라면 어릴 적 버핏이 아버지 책꽂이에서 발견해 오랫동안 매료되었던 책《현명한 투자자》의 저자가 아니던가.

《현명한 투자자》를 읽고 버핏은 마치 신을 발견한 기분이 든 적이 있었다. 그는 그레이엄의 '가치투자value investing' 이론에 근거하여 실제 투자를 실행하기도 했었다.

거장의 제자가 되고 싶어

가치투자란, 그 당시의 주가나 시세에 따른 판단을 하는 것이 아니라 그 주식을 지닌 회사에 대한 미래성과 경제성을 따져보고 하는 투자다. 버핏은 아버지와 함께 '파커스버그 리 그 앤드 릴'이라는 회사를 알게 되었을 때 그 주식을 사기 전에 그레이엄이 그의 저서에서 밝히고 있는 여러 원칙에 맞춰 그 회사를 조사했다. 그런 다음 조사 결과에 따라 주식 200주를 샀다. 버핏은 그레이엄이 말하는 원칙에 따라 투자를 해 많은 이익을 남길 수 있었다.

그레이엄은 이미 버핏에게 주식투자의 원리를 체계적으로 가르쳐준 스승인 셈이었다. 그런 그가 컬럼비아 대학교에서 학생들을 가르치는 줄은 몰랐다. 그리고 또 한 사람 도드는 그레이엄과 함께 《증권 분석》을 쓴 사람으로 역시 버핏에게 주식에 대해 원칙을 갖게 해준 사람이었다.

"컬럼비아 대학원에 입학해야겠어요. 거장의 제자가 되어 배워보고 싶어요."

버핏은 아버지에게 말했다. 그런데 과연 입학이 가능할지 의문이었다. 접수 기한이 끝났을지도, 벌써 정원이 다 찼을지도 모르는 시점이었다. 학기는 9월에 시작되는데 버핏이 컬럼비아 대학교의 소개 책자를 읽은 것은 8월이었던 것이다. 하지만 버핏은 결과에 상관없이 입학 지원서를 내보고 싶었다.

버핏은 일반적인 지원서의 내용이나 형식에서 벗어나 자유롭게 자신을 소개했다.

'안타깝게도 이제야 컬럼비아 대학교의 소개 책자를 보게 되었습니다. 벤저민 그레이엄과 데이비드 도드 교수님이 가르치신다는 사실을 알게 되자 저는 가슴이 쿵쾅거리기 시작했습니다. 두 거장은 저에게 올림포스 산에서 이 세상을 내려다보고 있는 그리스 신화의 신들처럼 여겨지던 분들입니다. 그런 두 분이 학교에서 학생들을 가르친다니, 제가 그분들의 학생이 된다면 정말 여한이 없을 것 같습니다.'

그 지원서가 입학 허가 결정권을 갖고 있는 도드의 책상 위에 올라갔을 때는 버핏이 걱정한 대로 이미 입학 지원서 접수 시한을 넘긴 때였다. 하지만 버핏은 합격을 했다. 일반적인 지원서와 달리 버핏의 진정성이 잘 전달된 지원서 덕분인지, 컬럼비아 대학교가 그의 특별함을 파악해낸 것인지는 정확히 알 수 없었다. 어쨌거나 버핏은 소원대로 그레이엄 교수와 도드 교수의 제자가 되었다.

버핏은 컬럼비아 대학으로 가기 위해 혼자 맨해튼행 기차를 탔다. 그는 돈의 세계를 움직이는 큰 원리를 제대로 깨우치게 해줄 스승을 만난다는 설렘에 가슴이 벅찼다.

그레이엄 교수의
수제자가 되다

스승과 제자는 공식적인 교육 기한을 넘어서까지 유대관계를 이어가는 경우가 있다. 스승은 특별한 학생을 알아보고 오래도록 각자의 전문성과 아이디어를 교류하는 협력관계로 발전시키기도 한다. 버핏과 그레이엄의 관계가 바로 그랬다.

1950년에 쉰여섯 살이었던 그레이엄은 1920년대부터 주식시장에 투자를 해왔다. 1929년 주식시장이 무너지자 그의 투자회사는 겨우 숨만 붙어 있을 정도로 손해를 입었다. 그 후 1930년대의 시기에 그레이엄은 자신의 특별한 투자 철학에 대해 강연을 하고 책을 쓰기 시작했다. 이러한 그의 철학은 가치투자라는 개념으로 전 세계에 전파되었다.

대공황의 기세가 맹위를 떨치던 1934년, 그레이엄과 도드는 가치투자라는 개념에 관련된 중요한 책을 출판했다. 그것은 바로 버핏을 매료시킨 《증권 분석》이었는데 그 책은 사람들이 주식에 투자하는 기존의 일반적인 방식에 도전장을 던졌다.

그레이엄과 도드의 주장에 따르면 대다수 투자자들은 그들이 투자하는 기업의 질이 아닌, 감정적인 이유나 다른 사람들의 투자 방식을 모방해 구입할 주식을 결정한다고 한다. 그 두 사람은 주식중개인들이 떼로 몰려다니며 서로를 따라 하고, 주식가격이 빨리 오르지 않을 경우 공포에 사로잡히는 떼거리 심리를 갖고 있다며 비판했다.

《증권 분석》은 여러 기업의 재무 상태를 꼼꼼하게 연구함으로써 시간이 가면서 발전 가능성이 가장 높고, 사용되지 않은 자산을 가장 많이 보유한 기업을 찾아내는 일을 중요시했다. 그레이엄과 도드는 일종의 '숨은 보석'을 찾아야 한다, 즉 회사의 자산과 보유하고 있는 현금을 감안할 때 주식가격이 비교적 낮게 책정된 기업에 주목해야 한다고 주장했다.

만약 한 기업이 주주들에게 현재의 주식가격 이상으로 지급할 수 있을 정도의 충분한 돈을 갖고 있다면, 그 기업이야말로 적절한 투자 대상이라는 것이 그들의 판단이었다.

그레이엄은 자신의 투자회사가 주식시장 붕괴의 충격에서 회복한 이후 가치투자에 대한 자신의 철학을 이용하여 세계 금융시장이 중심가인 월 스트리트에서 인상적인 성과를 남겼다. 그의 투자 방법은 일반적인 관행이나 통념과는 굉장히 다른 것이었다.

그레이엄은 매일 주가를 살피며 가격 변동 상황을 주시하는 주식중개인들을 비판했으며, 주식 정보도 쓸모없는 것으로 간주했다. 주식가격은 언제나 한 회사의 전체적인 가치를 나타낸다는 것이며 주가 하락은 틀림없이 해당 회사에 문제가 있음을 신호한다는 것이 그때까지의 일반적인 생각이었지만, 그레이엄은 이에 동의하지 않았다.

어떤 회사의 주식이 낮게 평가되는 이유는 단순히 그 회사가 주식중개인들 사이에 비교적 덜 알려져 있기 때문일 수도 있다는 게 그레이엄의 생각이었다. 아니면 그 회사가 침체된 산업에 속해 있지만 수익성이 더 높은 다른 사업에 따로 투자하고 있기 때문일 수 있다고 생각했다.

철저하고 꼼꼼한 연구를 통해 그레이엄은 숨겨진 가치, 곧 주식을 살만한 가치가 있다고 판단하게 만드는 숨어 있는 보석들을 찾아냈다. 그는 자신의 숨은 보석 찾기 전략을 아직 몇 모금 더 빨 수 있는 담배꽁초를 찾는 것에 비유했다.

수학에 기초한 비즈니스 분석 기법을 이용하여 그레이엄은 주식이 회사의 순 운영자본(회사의 자산에서 부채를 뺀 부분-옮긴이) 가치의 3분의 1 가격에 거래되는 기업을 찾을 수 있다고 믿었다. 그러나 이 방법에는 상당히 많은 연구가 필요했다.

그레이엄으로부터 영향을 받은 의욕적인 투자자는 실제보다 가치가 낮게 평가된 숨은 보석을 찾기 위해 상장기업＊들이 발행한 수십 혹은 수백 권의 연례보고서를 읽는 수고를 거쳐야 했다.

주식회사, 즉 월 스트리트에서 거래하는 회사들은 법률에 의해 그들의 투자자들에게 연례보고서를 제출해야 한다. 또한 분기별이나 월별 수익 실적 보고서를 발행할 수도 있다. 수톤의 흙더미 속에서 한두 점의 보물을 채취하는 고고학자의 인내심으로 그레이엄은 숨겨진 보석을 찾아 한 줄 한 줄 이들의 재무기록을 분석했다. 성공적인 주식투자를 하기 위

＊| 발행한 주식을 증권시장에 등록하여 거래소에서 사고 팔 수 있도록 한 기업.

해선 이런 방식이 최선이라는 게 그레이엄의 생각이었다.

버핏은 회사와 그들의 주식을 평가하기 위해 수치를 꼼꼼하게 이용하는 것이 중요하다는 그레이엄의 지적에 공감했다. 또 그레이엄이 말하는 가치투자의 기본적인 전제, 즉 투자자는 적절한 회사를 선택한 후 인내심을 갖고 그것의 성장을 지켜봐야 한다는 주장에도 동의했다.

정보 제공자와 당일 거래자*는 어느 날 한순간에 큰 이익을 챙길 수도 있지만, 바로 다음 날 그것을 몽땅 잃을 수도 있다는 그의 주장에도 역시 충분히 공감할 수 있었다.

거장에게서 배운 것

1950년 가을, 드디어 명망 높은 벤저민 그레이엄과 돈벌이에 특별한 재능이 있는 한 학생이 만났다. 그들은 만나자마자 서로를 좋아하게 되었다. 그레이엄의 대학원 수업에 등록한 다른 학생들은 버핏보다 훨씬 나이가 많았다. 그들 중 상

---

*| 주식을 산 날 바로 되파는 방법으로 이익을 얻으려는 직업적 투자자.

당수는 주식시장을 들락거린 적이 있고, 거래 경력이 수년에 이르는 사람들도 있었다.

그 가운데 버핏은 이제 겨우 스무 살 먹은 어린 학생으로만 보였다. 그러나 그는 돈의 세계에 관한 한 나이에 비해 뛰어난 판단을 할 수 있는 능력이 있었기에 자신보다 나이 많은 동급생들에게 결코 주눅 들지 않았고 실제로도 절대 뒤처지지 않았다.

그레이엄은 자신의 가장 어린 제자가 부의 세계를 지배할 수 있는 세 가지의 중요한 자산인 재능, 집중력, 열정을 갖추고 있음을 알아보았다.

"주식을 보는 눈을 키워야 한다. 주식을 언제나 요동치며 매일 신문에 인용되거나 증권시세 표시기에 나타나는 것만으로 보지 말아야 한다. 주식은 기업의 일부로 봐야 한다. 그러므로 중요한 것은 그 기업이 어떤 가치가 있는지를 밝혀내는 것이다. 그걸 알아내지 못한다면 주식 투자가로서의 자격이 없다."

그레이엄 교수는 항상 이렇게 강조했고, 버핏은 그 강의에 무척 감명을 받았다. 지금까지 버핏은 주식에 대해 그런 식으로 생각해본 적이 없었다. 그래서 그때부터 버핏 자신도 주식

●● 워런 버핏의 스승이자 가치투자의 거장
벤저민 그레이엄. 버핏은 그레이엄으로부터
투자에 대한 많은 것들을 배웠다.

도표와 거래량 따위를 살피는 대신 기업을 보기 시작했다. 그
리고 그런 활동을 통해 정말 많은 것을 배울 수 있었다.

　그레이엄 교수는 수업시간 중에 일방적으로 지식을 전달
하지 않고 학생들이 생각해볼 만한 질문이나 문제를 던지곤
했다. 버핏은 이런 환경에서 자신의 잠재력을 깨워 마음껏 펼
칠 수 있었다. 그는 매번 그레이엄 교수의 질문에 논리 정연
한 답을 내놓았고, 세밀한 기억력으로 책, 대차대조표, 연례
보고서 등에서 뽑은 사실들을 제시하며 자신의 주장을 뒷받
침했다. 그러다 보니 어떤 때는 수업이 그레이엄과 버핏 두

사람만의 토론장 분위기로 바뀔 때도 있었다.

그레이엄은 곧 자신의 영특한 제자를 자신의 집에서 열리는 사교 행사에 초대하기 시작했다. 또한 수업시간에 자신의 중개회사 '그레이엄 뉴먼'에서 구한 실제 사례들을 근거로 들기도 했다. 그렇기 때문에 그레이엄이 인정하든 안 하든, 이러한 내용들은 주식 정보로 해석되었다.

버핏은 물론이고 수업을 들은 많은 학생들은 그레이엄 뉴먼 사에 투자했고, 그레이엄이 수업시간 중에 언급한 다른 회사의 주식을 사기도 했다.

그런데 버핏은 거기서 만족하지 않고 다른 학생들은 하지 않는 행동을 하기 시작했다. 그는 그레이엄의 비즈니스 관계를 연구했고 그 결과 스승이 워싱턴에 본부를 둔 보험회사 '게이코'의 이사로 활동한다는 사실을 알게 되었다.

1951년 봄, 버핏은 어느 토요일에 가족을 보러 워싱턴에 갔고, 그곳에 있는 동안 게이코의 사무실에 잠깐 들렀다. 그는 건물 관리인이 나올 때까지 문을 두드렸다. 한참을 두드린 후에야 관리인이 나타났다.

"혹시 오늘 나와서 일하는 사람이 있나요?"

관리인은 버핏을 잠시 쳐다본 후 대답했다.

"6층에 가면 있을 거요. 엘리베이터를 타고 가시오."

버핏은 6층에 가서 열심히 일에 열중하고 있는 한 사람을 보았다. 그는 게이코의 최고 간부 중 한 사람인 로리머 데이비슨으로, 그레이엄에게 상당량의 게이코 주식을 사라고 설득했던 인물이었다.

데이비슨은 회사에 대해 궁금해서 찾아왔다는 젊은 청년에게 호기심이 생겨 시간을 내주었다. 오후 내내 버핏은 데이비슨에게 회사에 대해 물었고, 데이비슨은 처음에는 스무 살짜리 청년의 날카로운 질문 공세에 깜짝 놀라 당황했지만 차츰 자발적으로 모든 질문에 일일이 친절하게 답해주었다.

데이비슨과의 대화를 통해 버핏은 게이코가 보험대리점을 내기보디는 우편 판매를 실시함으로써 보험료를 낮게 유지하고 있다는 사실을 알게 되었다. 또 이 회사는 공무원들에게 자동차 보험상품을 판매하고 있다는 사실도 알아냈다.

공무원은 무엇보다 안정을 추구하는 성향의 사람들이 모인 집단이다. 운전 기록의 통계를 살펴봐도 공무원들은 일반인들보다 사고율이 적었다. 공무원들이 일반인들보다 안전한 운전 습관을 가지고 있다는 것을 보여주는 근거였다. 그 결과 게이코는 사고 배상 비용으로 지불하는 액수보다 훨씬 많은 돈을 벌어들이고 있었다.

맨해튼으로 돌아온 버핏은 다른 보험회사 간부들과 주식 중개인에게 게이코 사의 주식을 사는 것에 대해 조언을 구했다. 보험회사 간부들은 게이코 사의 보험 계약자 규모가 적은 것과 그들의 우편 판매 전략에 대해 부정적인 견해를 갖고 있었다.

"게이코의 주가는 너무 높게 책정되어 있어. 나라면 그 회사의 주식을 사지 않겠네."

그리고 대부분의 주식중개인들은 게이코라는 회사에 대해 들어본 적도 없다고 말했다.

"우리가 모르는 회사의 주식이라면 별 볼 일 없는 거야. 알려지지도 않은 그런 회사에 투자하는 위험은 피하는 게 좋을 거야."

하지만 버핏은 그들의 조언을 뒤로하고 직접 게이코의 재무기록을 연구하기로 했다. 그리고 평가 결과 게이코는 정확히 그레이엄 교수가 말한 숨은 보석 같은 유형의 기업이라는 판단을 하게 되었다. 스승을 믿고 자신의 꼼꼼한 분석을 믿은 버핏은 그 회사에 투자하여 좋은 결과를 얻었다.

1951년, 버핏은 컬럼비아 경영대학원 역사상 가장 좋은 성적으로 졸업을 했다. 버핏은 이제 거장 그레이엄에게 배운 지식을 토대로 학교 밖의 새로운 세상으로 나가게 되었다.

5장

학교 밖
세상에 다시
도전하다

네브래스카 대학에서
'투자 원리' 강의를 하다

그레이엄 교수로부터 전 과목 A+를 받고 우수한 성적으로 컬럼비아 경영대학원을 졸업한 버핏은 졸업 후 그레이엄 교수를 다시 찾아갔다.

"교수님, 이제 제가 배운 것을 현장에서 직접 실행해보고 싶습니다. 교수님 회사에서 일할 수 있는 기회를 주세요. 월급은 주시지 않아도 됩니다."

학기가 끝나갈 무렵부터 같이 수업을 듣던 다른 친구들은 진로를 찾느라 바빴다. 그들은 대부분 'US 스틸' 같은 대기업에 취직하고 싶어 했다. 그들에게 중요한 것은 자신들이 가고

자 하는 회사가 좋은 회사인지 아닌지가 아니었다. 그들은 대부분 자신이 해야 할 일보다는 회사의 규모에 중점을 두었다. 안정성 때문에 무조건 규모가 큰 대기업을 선호했던 것이다.

하지만 버핏은 달랐다. 그는 자신이 존경하는 그레이엄 교수의 회사에서 일하고 싶었다. 만약 자신을 채용해준다면 잘해낼 자신이 있었다. 그리 사교적인 성격은 못되었지만 주식이라는 분야에서만큼은 누구에게도 뒤지지 않을 자신이 있었다.

사실 이제 막 학교를 졸업한 사람이 주식 투자계의 거장인 그레이엄과 현장에서 함께 일하겠다는 생각을 하는 것은 대단한 용기였다. 하지만 버핏은 불가능한 일은 아니라 생각했다.

'난 교수님의 수제자야. 그리고 유일하게 전과목 A+를 받은 학생이니 이루기 힘든 바람은 아닐 거야.'

그런데 버핏의 생각과는 달리 그레이엄은 버핏의 제안을 거절했다.

"지금은 증권시장이 별로 좋지 않아. 우리 회사에 들어와도 별로 배울 게 없을 거야. 그리고 사실, 자네를 채용하지 않는 더 중요한 이유가 있어. 현재 월 스트리트의 대형 투자은행들은 유대인을 채용하려고 하지 않아. 그래서 우리 회사라

도 유대인만 채용한다는 원칙을 갖고 있다네. 그래봤자 겨우
몇 명밖에 채용할 수 없지만 말이야."

버핏은 그레이엄의 말에 몹시 실망했다. 그의 입장이 이해
는 되지만 서운한 마음은 어쩔 수 없었다.

'유대인을 차별하는 사람들이 있으니 유대인들끼리 뭉치
는 건 어쩌면 당연한 일이야. 하지만 난 좀 다르지 않나? 난
교수님의 수제자였잖아. 그럼 예외로 해줄 수도 있지 않았을
까? 월급도 안 받겠다고 했는데……'

버핏은 크게 실망했지만 어쩔 수 없는 일이었다. 그레이엄
교수가 자신을 수제자로 아끼고 재능을 인정해주긴 하지만
공적인 일에서는 다른 사람들하고 똑같이 대한다는 사실을
받아들여야 했다.

버핏은 자신이 그토록 일하고 싶었던 그레이엄 뉴먼은 아
니지만 맨해튼에 머무르며 큰 중개회사 어디에서든 일할 수 있
었다. 그러나 동부에서 살아본 이후 그는 고향 오마하에 산다
는 것이 자신에게 어떤 의미인지를 더 잘 이해하게 되었다.

버핏은 그레이먼 뉴먼에 취직하지 못한 것은 아쉬웠지만
그것을 기회 삼아 고향 오마하로 돌아가기로 했다. 어디에 있
든 버핏은 항상 오마하를 그리워했다. 동부 지역에서 살면서

버핏은 자신의 고향 오마하가 얼마나 편안한 곳인지 새삼 깨달았던 것이다.

뉴욕은 버핏의 정서에 맞지 않았다. 평생 뉴욕에서 살다가는 자신이 미쳐버릴지도 모른다는 생각을 한 적도 있었다. 게다가 이번에는 오마하로 돌아가는 것이 합당한 이유가 한 가지 더 추가되었다. 컬럼비아 경영대학원에 입학하기 전에 동생 소개로 만나 마음을 빼앗기게 된 한 여성이 오마하에 있기 때문이었다. 이성을 사귀는 일은 여전히 버핏에게는 가장 어려운 과제였지만 이번만은 꼭 그 과제를 성공적으로 수행하고 싶었다.

원하는 회사에 취직하지 못한 버핏은 오마하로 돌아와 아버지의 주식 중개회사인 '버핏 포크 앤드 컴퍼니'에서 주식중개인으로 일했다. 젊은 컬럼비아 대학 석사 출신의 주식중개인 버핏은 열심히 일했다. 하지만 자신의 너무 젊은 나이 때문에 고객들이 그를 미더워하지 않는다는 사실을 알게 되었다.

게다가 그는 아무도 들어본 적이 없는 게이코 같은 회사의 주식에 투자했다. 나이 든 사람들은 버핏과 상담을 하다가도 막상 주식을 구입할 때는 다른 중개인을 통하는 경우가 많았다.

그래도 버핏은 자신의 원칙을 고수하면서 고객들을 만났

다. 가장 큰 원칙은 바로 그레이엄에게 배운 '회사의 가치를 보고 투자하는 것'이었다. 시간이 지나면서 버핏은 점차 실력을 인정받는 주식중개인이 되었다. 그리고 2년 정도 지났을 무렵에는 고객들에게 가장 인기 있는 중개인이 되었다. 가끔 아버지 친구들이 아버지에게 이렇게 말할 정도였다.

"이보게, 이제 자네 회사 이름을 '버핏 앤드 선'으로 바꾸는 게 어떤가? 그게 더 어울릴 것 같은데?"

그러면 옆에 있던 버핏은 농담으로 이렇게 대답하곤 했다.

"아니에요. '버핏 앤드 파더'라고 할 겁니다."

많은 이들에게 실력을 인정받는 버핏이었지만 스스로도 잘 알고 있는 한 가지 취약점이 있었다. 바로 많은 사람들 앞에 나서서 말하는 것을 여전히 부담스러워 한다는 점이었다. 특히 주식 등 일과 관련된 관계가 아닌 개인적인 관계에서는 더욱 어려웠으며, 여자 앞이라면 더 심했다.

그래서 버핏은 자신의 약점을 극복하기 위해 자기계발을 하기로 했다. '대중연설과 인간관계론'으로 유명한 데일 카네기 강좌를 듣기로 한 것이다. 버핏은 그 강좌를 듣기 위해 기꺼이 100달러를 투자했다.

실력으로 나이의 편견을 극복하다

그즈음에 버핏은 네브래스카 대학 사회교육 프로그램에서 투자 관련 강의를 하게 되었다. 버핏의 실적과 학력을 보고 강의를 맡아달라는 요청이 온 것이다.

강의 첫날, 강의실로 들어서는 버핏을 보고 사람들은 대놓고 낄낄거렸다. 수강생의 평균 연령이 40대 정도였던 그들은 자신들에게 강의를 할 사람이 자신들보다 한참 어려 보이는 스무 살 청년이라는 사실에 웃음을 참지 못했다.

어려 보이는 버핏을 우습게 봐서였을까? 수업을 시작한 지 며칠이 지난 어느 날, 버핏이 수업에 들어가니 강의실에 앉아 있는 사람은 달랑 4명뿐이었다. 실망한 버핏은 강의를 하고 싶은 마음이 사라졌다.

"이 강좌가 필요한 것인지 의문이 생깁니다. 내가 이 강좌를 계속해야 할 만큼 사람들의 관심이 없나 봅니다. 유감이지만 휴강을 해야겠습니다."

버핏은 이렇게 말하고 강의실을 나갔다. 그렇다고 계속 강의를 안 할 수는 없었다. 한 학기를 하기로 계약을 했기 때문이었다.

'그래, 이것도 엄연한 약속이야. 모든 신뢰의 출발은 약속을 지키는 것부터 시작되는 거야. 사람들의 반응에 신경 쓰지 말고 내 식대로 열심히 강의를 하자.'

버핏은 듣는 사람이 적어도 열심히 강의를 했고 얼마 가지 않아 버핏의 강의가 입소문이 나게 되었다. 나이는 어리지만 실력 있는 강사라는 소문이 퍼져 버핏의 강의를 점점 많은 사람들이 찾게 되었다.

버핏의 강의는 쉽고 간결해서 누구나 이해하기 쉬웠다. 거기에다 버핏은 유머까지 곁들여서 재미있고 실속 있는 강의로 유명해졌다. 특히 버핏은 그 강의에서 계산기를 사용하면서 돈이 어떻게 불어나는지 계산하는 방법을 가르쳐주었는데, 그 강의 덕분에 사람들은 이자에 이자가 붙는 복리의 기적을 확실하게 믿을 수 있게 되었다.

버핏은 투자를 배우고 싶은 사람들을 위해 강의를 하는 한편 자신이 해야 할 공부도 열심히 했다. 금융에 관한 책을 손에서 놓지 않았으며 보험회사들의 통계자료를 보기 위해 네브래스카의 중심 도시인 링컨까지 가곤 했다.

주식중개인들이 만든 자료들을 링컨까지 가지 않고 사무실에서도 읽을 수 있었지만 버핏은 그들이 만든 자료를 신뢰하지 않았다. 그래서 부지런히 링컨까지 가서 부풀림 없는 가장 정확한 데이터를 찾아내 한 자도 빠뜨리지 않고 다 읽었다.

또한 회사에서 정기구독하고 있던 무디스의 업계 편람이나 은행과 금융계 편람, 공익 사업체 편람 등을 꼼꼼하게 읽고 분석했다. 그 당시 버핏은 주식투자로 이익을 얻기도 하고 실패하기도 했다. 그는 실패했을 때 많이 속상하기도 했지만 분명한 건 최고의 투자가가 되는 길을 스스로의 힘으로 하나씩 개척해나가며 자신만의 노하우를 열심히 만들어가고 있었다는 사실이다.

이해심 많은 여자친구,
수잔 톰슨과 결혼하다

컬럼비아 경영대학원이 있는 맨해튼으로 떠나기 직전, 버핏은 여동생으로부터 한 여성을 소개받았다. 그 여성은 노스웨스턴 대학에 다니는 여동생의 룸메이트 수잔 톰슨이었다. '수지'라는 애칭으로 불리는 그녀는 동그란 얼굴형에 예쁘장하고 상냥한 아가씨였다.

감정의 기복이 심하고 신경질적인 어머니 때문에 버핏은 평소 어머니와는 다른 너그럽고 편안한 성격의 여자를 이상형으로 생각하고 있었다. 그런데 수잔이 딱 그런 성격이었다. 그녀는 차분했고 남의 말을 잘 들어주었다. 또 주변 사람들의 문제를 해결하는 데 도움을 주고 싶어 했다. 버핏은 곧 그녀에게 마음을 뺏겨버렸지만 불행히도 수잔에게 이미 남자친구가 있어 그녀는 버핏에게 별 관심을 보이지 않았다.

게다가 버핏은 수잔을 소개받자마자 바로 오마하를 떠나야 했기 때문에 수잔의 마음을 얻을 기회를 제대로 갖지 못했다. 그러나 버핏은 수잔을 포기하고 싶지 않았다. 버핏의 마음은 사랑으로 불타올랐다.

그는 맨해튼에 있는 동안 내내 그녀에게 정성 어린 편지를 썼지만 수잔은 마음을 쉽게 열지 않았다. 그러나 거절의 의사 표시 또한 없었기에 버핏은 희망을 버리지 않았다. 버핏은 꾸준히 정성이 담긴 편지를 보냈고 방학 때나 혹은 기회가 있어 오마하에 갈 때마다 수잔을 찾아갔다. 하지만 수잔은 여전히 버핏보다는 오마하에 있는 남자친구에게 마음을 주고 있었다.

어느 날 버핏은 중요한 사실 하나를 알게 되었다. 수잔의 부모님이 수잔이 만나는 남자친구를 탐탁지 않게 생각한다는 것이었다.

그 사실을 알게 된 버핏은 작전을 변경했다. 수잔 아버지의 마음을 먼저 얻은 후 그다음 수잔을 다시 공략하는 전략을 세웠다. 여자의 마음보다는 어른의 마음을 얻는 게 더 쉬울 것 같다는 생각에서였다. 어릴 적부터 또래 친구보다 어른 친구가 더 많았던 버핏으로선 당연한 일이었을 것이다.

수잔의 아버지 윌리엄 톰슨은 버핏의 아버지와 가까운 친구이자 사업의 조언자 역할을 하는 사이였다. 버핏은 오마하에 들를 때마다, 그리고 대학원 졸업 후 다시 오마하로 돌아온 뒤로 아버지 친구이자 수잔 아버지인 톰슨의 집에서 많은 시간을 보냈다.

버핏은 수잔의 아버지와 함께 카드놀이를 즐겼고 악기 연주를 하기도 했다. 수잔 아버지도 버핏과 마찬가지로 음악과 악기 연주를 좋아했다. 버핏은 우쿨렐레(하와이 원주민의 기타와 비슷한 4현 악기-옮긴이)를, 수잔 아버지는 만돌린(서양 악기 중 현을 퉁겨서 소리내는 단현 악기의 하나-옮긴이)을 맡아 듀엣으로 연주를 하곤 했다.

두 사람이 많이 친해졌을 때 버핏은 적극적으로 수잔 아버지에게 도움을 요청했다.

"아버님, 수지를 좋아합니다. 그런데 수지는 제 마음을 받아주지 않아요. 저는 수지를 포기할 수 없습니다. 이런 마음 처음입니다. 그러니 아버님이 절 좀 도와주세요."

버핏은 자신의 감정을 수잔 아버지에게 솔직히 털어놓았

다. 평소 버핏을 마음에 들어 한 수잔 아버지는 그를 기꺼이 도와주기로 약속했다.

수잔은 아버지의 권유에 따라 버핏과 데이트를 시작했다. 만나는 횟수가 많아지자 수잔의 마음이 조금씩 움직이기 시작했다. 처음에는 아버지가 현재 사귀고 있는 남자친구 대신 버핏을 만나라고 하는 사실 자체가 불편했지만, 수잔도 버핏이 싫진 않았기에 꾸준히 데이트를 했다.

버핏을 여러 번 만나면서 수잔은 버핏의 인생에 대한 진지한 자세와 성실성과 부지런함, 그리고 자신의 일에 대한 열정과 빠른 두뇌회전, 유머감각 등 그의 좋은 점을 많이 볼 수 있게 되었고 그것은 그들을 점차 연인관계로 발전시켰다.

버핏이 수잔을 얼마나 많이 좋아했는지는 그녀가 데이트 때 입고 나온 옷을 모조리 기억한다는 사실만 봐도 알 수 있었다. 버핏은 원래 다른 사람이 무슨 옷을 입고 다니는지 전혀 관심이 없는 사람이었다. 하지만 수잔의 경우는 달랐다. 그녀가 언제 무슨 옷을 입었는지, 머리 스타일은 어떠했는지 모든 것을 세세하게 기억했다.

버핏에게 수잔은 완벽한 이상형이었다. 단 한 가지 아쉬운 점이 있다면 수잔이 주식에 대해 전혀 관심이 없으며 혹시라

●● 백악관 저녁 만찬에 초대된 워런 버핏과 그의 아내 수잔 버핏.

도 그가 주식 이야기를 하게 되면 몹시 지루해한다는 점이었다. 그것 이외에는 수잔의 모든 것이 다 좋아 보였다.

수잔은 특히 음악을 좋아해 어릴 때는 가수가 되는 꿈을 꾸기도 했다. 그러나 자신에게 가수로 성공할 만한 큰 재능은 없는 것 같고 또 평범하게 가정을 꾸리며 살길 원했던 부모님 때문에 그 꿈은 접었다고 했다.

데이트를 시작한 지 몇 개월 후 버핏은 수잔에게 청혼을 했고, 수잔은 그 청혼을 받아들였다. 버핏은 세상을 다 얻은 듯한 기분이었다. 학창시절 내내 여자를 사귈 기회를 제대로 갖지 못했던 버핏에게 수잔과의 결혼은 새로운 세계로 들어가는 문이었다.

1952년 4월 19일, 버핏과 수잔은 드디어 결혼식을 올렸다. 하원의원의 아들과 지역 명사인 톰슨 박사 딸의 결혼식에 많은 사람들의 관심이 집중되었다. 결혼식 축하객만 수백 명이 넘었다.

결혼을 했으니 더 열심히 살 거야

결혼식을 끝내고 버핏과 수잔은 버핏의 고모가 빌려준 자동차를 타고 신혼여행을 떠났다. 신혼부부가 탄 자동차 뒷자리에 《무디스 매뉴얼》과 장부가 놓여 있는 것만 빼면 다른 신혼부부들과 마찬가지로 들뜨고 설레는 여행이었다.

버핏은 신혼여행 길에도 주식에 관한 자료를 가지고 가야 마음이 놓였다. 수잔을 사랑하는 것은 사실이었지만 수잔만큼 주식도 사랑했기 때문이었다.

결혼 후 버핏과 수잔은 오마하에 있는 허름한 아파트에 신혼살림을 차렸다. 투자를 계속하려면 종잣돈이 있어야 했기에 돈을 많이 들여 좋은 집을 얻을 수는 없었다.

얼마 후 둘 사이에 첫 아이가 태어났다. 딸이었다. 수잔은 결혼 이후에도 계속 대학에 다녔고 버핏은 아버지 회사에서 주식중개인으로 일했는데 수입이 그리 좋진 못했다. 아직 유명하지 않은 초보 중개인이었기 때문이었다.

"수지, 당신과 약속할게. 나는 당신에게 풍요를 줄 거야. 아직은 초라하지만 난 곧 부자가 될 거야. 이건 이미 몇 년 전에 나 자신과 한 약속이야. 당신과 아이를 위해서도 꼭 이 약속을 지킬 거야."

수잔은 버핏의 말을 다 믿지는 않았다. 하지만 남편 버핏이 투자에 관해선 남들에 비해 탁월한 능력이 있다는 것 정도는 알고 있었기에 그가 실없는 소리를 한다고는 생각하지 않았다.

버핏은 꾸준히 투자 환경을 조사하고 연구해갔다. 아버지나 스승 그레이엄이 반대 의견을 낼 때도 투자를 했다. 이제 가장으로서 책임져야 할 가족이 생긴 그는 자금을 한 곳에 다 투자하지 않고 나누어 투자하는 분산 투자기법에 대해 생각했다.

그런 시도의 하나로 오마하에 있는 텍사코 주유소를 매입했다. 주식투자로 이익을 내기 위해선 늘 적절한 때를 기다려야 하기 때문에 생활비가 나올 수 있는 고정 수입처를 마련하자는 취지였다.

절약하고 저축하는 생활 속에서 버핏은 더 많은 종잣돈을 모아 주식에 투자할 수 있었다. 그가 가장 많은 액수를 투자한 곳은 게이코였다. 그는 당장의 주식 시세에 연연하지 않고 기다리고 또 기다렸다. 결과는 기다림의 승리였다. 2년 만에 게이코의 각 주당 가격이 두 배로 뛰어 1952년에 투자했던

8,000달러가 1954년에 1만 6,000달러가 된 것이다. 그의 설득을 받아들였던 몇 안 되는 고객들 또한 짭짤한 수익을 챙겼다. 그때부터 고객들은 투자 상담을 위해 버핏을 찾았다. 버핏은 실력을 인정받음에 따라 그가 받는 수수료도 차츰 올라가기 시작했다.

그 당시 버핏은 주로 집에서 일했다. 그는 하루 대부분의 시간을 연례보고서와 재무제표*를 읽는 데 보냈다. 버핏은 유난히 정확한 기억력을 갖고 있어 대규모의 국영 기업체부터 지역의 백화점 체인에 이르는 모든 유형의 기업에 대한 온갖 정보를 머릿속에 저장한 뒤 필요할 때 꺼내 쓸 수 있었다.

자신의 스승이자 우상이었던 그레이엄의 기준을 충족시키고 건전한 경영 원칙을 지닌 기업을 찾아내면 그 회사의 주식을 그가 관리하는 투자자들의 포트폴리오**에 추가했다.

그런데 버핏에게는 그레이엄과 다른 점이 있었다. 그레이엄은 수업시간에 자신이 의도했든 하지 않았든 주식 정보를 제공했지만 버핏은 절대 그렇게 하지 않았다. 그는 그레이엄

---

* 기업의 한 해 동안의 경제적 활동을 기록해놓은 장부.
** 각각의 금융기간이나 개인이 보유하는 각종 금융자산의 명세표.

과 다르게 수업시간 중이나 아니면 그가 관리하는 투자자들에게도, 심지어는 가장 가까운 친구에게도 주식 정보를 제공하지 않았다.

버핏은 자신이 발견한 최고의 투자 기회에 대해서는 입을 꾹 다물고 있는 것이 가장 좋은 방법이라는 사실을 깨닫기 시작한 것이다.

그레이엄 투자회사에서
일하기로 하다

1954년, 버핏은 가장 존경하는 스승 그레이엄으로부터 전화를 받았다.

"버핏, 이제 뉴욕으로 돌아오게. 우리와 함께 일하세. 월 스트리트에서 이제 인종차별 관행이 없어지고 있네."

"정말입니까? 절 받아주시는 겁니까? 당장 가겠습니다."

버핏은 자신이 받을 대우나 조건에 대해선 전혀 묻지도 않고 그레이엄의 요청에 응했다. 버핏은 그동안 계속 벤저민과 주식 관련 정보를 주고받으며 꾸준히 교류를 해왔으며 여전히 그레이엄 뉴먼 회사에 대한 미련이 남아 있었다.

1954년 8월 1일, 버핏은 뉴욕에 도착했다. 그리고 바로 그 다음날부터 출근을 했다. 회사에서 출근하라고 한 날짜는 한 달이나 남았는데 일이 하고 싶어 그때까지 기다릴 수가 없었다. 그러면서 아직 오마하에 남아 있는 아내와 아이와 함께 살 집을 알아보았다.

그가 그레이엄 뉴먼에서 받을 월급은 월 1,000달러로 그 당시 중상류급의 괜찮은 수준이었다. 그러나 버핏은 아직은 돈을 집에 묶어놓을 때가 아니라고 생각했기에 가능한 한 저렴한 아파트를 찾아 오랫동안 돌아다녔다.

출퇴근 시간이 많이 걸리는 단점이 있었지만 비교적 값이 싼, 방 세 개짜리 아파트를 구했다. 그 아파트는 맨해튼 근교의 뉴욕 웨스트체스터 카운티에서 50킬로미터쯤 떨어진 화이트 플레인스 지역에 있었다.

버핏 가족이 뉴욕으로 이사한 후 곧 둘째 아이가 태어났다. 둘째는 아들이었다. 버핏의 월급봉투는 조금씩 두툼해지고 있었지만 검소한 생활은 계속되었다. 그는 생활비를 절약한 모든 돈을 주식에 투자하려 했다. 아내 수잔도 버핏의 치밀한 투자가 계속 평균 이상의 수익을 안겨주자, 점차 남편의 방식을 이해하고 신뢰하게 되었다.

그레이엄 뉴먼의 직원은 모두 8명이었다. 그레이엄, 제리 뉴먼, 그리고 그의 아들 미키 뉴먼, 회계원 버니 워너, 월터 슐로스, 비서 두 명, 그리고 버핏이었다. 버핏은 회사에서 직원들이 모두 입는 실험복 같은 얇은 면 재킷을 입고 일을 했다. 월터와 사무실을 함께 썼는데 그 사무실엔 창문이 없었고, 티커ticker* 와 주식 중개회사와 직통으로 연결된 전화기 그리고 책과 파일만이 있었다.

월터는 주로 직통 전화 옆에 앉아 중개소와 통화를 했다. 가끔 그레이엄과 뉴먼은 각자의 사무실에서 나와 버핏이 있는 사무실로 와서 티커기가 찍어내는 시세 정보를 확인하곤 했다.

버핏은 '지료꽹'이었다. 미국의 신용평가 회사 '스탠더드 앤드 푸어스'의 자료나 《무디스 매뉴얼》을 그야말로 쉼표 하나 빠트리지 않고 읽고 또 읽었다. 그리고 운영 자본보다 낮은 가격의 주식에 거래되는 회사들을 찾았다. 그 당시에는 그런 회사들을 찾아내는 것이 그리 어렵지 않았다.

---

* 증권 거래소에서 시시각각으로 변동하는 시세를 보도하는 유선 인자식 전신기. 한 사람이 발신하면 이 수신기를 가진 가입자는 동시에 동일한 부호나 숫자를 수신함으로써 항상 가격의 변동을 알 수 있다.

그런 회사들이 투자가치가 높다는 것은 그레이엄에게서 배운 사실로, 그레이엄은 그런 회사들을 '담배꽁초'라고 불렀다. 아직 몇 모금 더 충분히 필 수 있는 길이가 남아 있는데도 버려진 탓에 사람들이 거들떠보지 않는 담배꽁초를 찾아내는 것이 그레이엄의 특기이자 투자의 기본 원칙이었다.

버핏은 가치투자의 거장 그레이엄으로부터 그런 회사를 찾아내는 시각과 감각을 완벽하게 배웠으며 가끔은 스승보다 더 나은 실력을 보여주기도 했다.

자신의 색깔을 찾아가다

그레이엄은 가치투자라는 그의 기본 원칙 외에 또 한 가지 원칙을 강조했다. 그것은 한 종목에 많은 투자를 하지 않고 여러 군데로 나누어서 하는 '분산투자'였다. 그런데 분산투자에 대한 그레이엄의 생각은 너무 지나쳐서 가끔 버핏의 판단과는 맞지 않았다.

'나는 내 판단에 확신이 서면 주저 없이 내 생각대로 밀고 나갈 거야.'

버핏은 자신의 판단에 대한 확신이 들 때는 그레이엄의 분산투자 원칙을 따르지 않을 때도 있었다. 또한 그레이엄이 별로 대단치 않게 여긴 주식을 고객에게 투자 종목으로 추천하기도 했다. 뿐만 아니라 때로는 스승의 부정적인 견해를 무시하고 자신이 확신을 갖고 있는 종목에 자신의 돈을 걸기도 했다.

번개처럼 빠른 정보 취득 능력과 오랜 시간 동안의 기업 연구, 그리고 자기 자신을 믿는 마음이 삼위일체가 된 버핏은 거장 그레이엄을 조금씩 능가하기 시작했다. 제자 버핏은 스승에게 배울 수 있는 모든 것을 다 배웠다. 이제 버핏은 새로운 세대와 시대에 맞게 그레이엄의 전략을 수정하고 개량하기 시작했다. 1950년대는 경제의 발전 동력이 주식가격에 반영되기 시작하던 시기였다.

그리하여 스승과 제자는 투자 원칙이 조금씩 달라지기 시작했다. 어떻게 보면 이제 각자 자기 길을 가야 할 때가 온 것이었다.

버핏은 예전에 게이코를 찾아가 직접 게이코의 간부에게 질문했던 것처럼 여전히 기업의 사정을 내부에서 알아가는 방법을 좋아했다. 그레이엄과 가장 다른 부분이 바로 이런 점이었다. 버핏은 투자를 결정할 때 그 기업을 운영하는 경영자

•• 2001년, '벤저민 무어 페인트'를 시찰하는 워런 버핏. 버핏은 투자 결정을 하기 전에 보통 해당 기업을 내부에서 철저히 조사한다.

들을 매우 중요하게 여기고 주목한다는 점에서 그레이엄과 달랐다.

근면하고 헌신적인 사업가 선조들의 자손인 버핏은 상상력과 열정을 지닌 카리스마 강한 경영자가 회사의 수익성에 큰 영향을 줄 수 있다고 믿었다. 때문에 버핏은 투자의 판단은 단지 해당 기업의 수치적 자료뿐 아니라, 회사를 경영하는 사람의 성향과 방식을 판단 기준에 넣는 것이 지극히 당연한 일이라고 생각했다. 경영자의 열정과 경영 방식이 기업의 수익과 큰 연관이 있음을 놓쳐서는 안 된다고 생각한 것이다.

반면 그레이엄은 그의 제자가 경영자들의 성향을 지나치게 중요시한다고 생각했다.

"물론 경영자가 어떤 성향인가의 문제가 회사의 실적에 영향을 미치기는 하지. 하지만 그것이 투자의 조건이 될 수는 없어. 투자는 엄격하게 그 회사의 경영 상태에 대한 전반적인 수치를 근거로 해야 하는 걸세."

그레이엄의 접근 방식은 엄격하게 수학적이었다. 그는 어떤 회사의 투자 가능성을 평가할 때 절대 그 회사 사장의 사업에 대한 열정이 어느 정도인지 따위는 알아내려 하지 않았다.

시간이 지남에 따라 제자는 스승과는 다른 자신의 색깔이 담긴 투자 원칙을 하나씩 만들어가고 있었다. 그러나 스승과 제자는 한 가지 점만은 분명한 의견일치를 보았다. 그것은 바로 돈을 버는 이유에 대한 철학이었다.

어느 날 점심을 먹으러 가다가 문득 그레이엄이 버핏에게 말했다.

"사실 우리가 시시각각 돈 버는 문제에 골몰하고 있지만 자네에게나 나에게나 돈 그 자체는 큰 의미가 없는 것 같네. 우린 늘 똑같을 거야. 돈 때문에 편해지거나 즐거워지는 건 그저 우리 집사람들뿐이지."

그레이엄의 시각은 아주 정확했다. 버핏은 돈을 많이 쓰는 물질 중심의 삶을 즐기고자 부의 세계에 뛰어든 것이 아니었다. 그가 중요하게 생각하는 것은 돈 그 자체가 아니라 돈의 원리를 터득하는 것이었다.

실제로 버핏은 세계 최고 부자의 대열에 든 후에도 계속 소박한 삶을 살았다. 부자가 되는 것은 지력, 창의력, 그리고 인내력을 시험하는 수단이자 도전의 짜릿함이 존재하는 수수께끼 조각들을 연결하는 게임과 같은 거였다. 그는 이 세 가지 능력의 시험대를 잘 통과하고 싶었고, 수수께끼 조각들을 잘 이어 맞추는 사람이 되고 싶었던 것이다.

PART 3

—

진정한 부자로 향하는 길

6장

스물여섯,
고향 오마하로
완전히 돌아오다

'오마하의 투자가'로
새롭게 시작하다

버핏이 스물여섯 살이 되던 1956년 봄, 그레이엄은 버핏에게 이런 제안을 했다.

"나는 이제 캘리포니아에서 남은 인생을 즐기고 싶어. 제리 뉴먼도 곧 은퇴를 할 걸세. 자네가 뉴먼의 아들 미키와 함께 동업자로 이 회사를 맡아줬으면 좋겠는데, 자네 생각은 어떤가?"

아직 20대 중반이고 경험도 많지 않은 버핏에게 그런 제안을 했다는 것은 버핏이 짧은 시간 동안 스스로의 능력과 가치를 확실하게 인정받았음을 의미했다.

하지만 버핏은 그 제안을 받아들이지 않았다. 자신이 그레이엄 뉴먼에서 일하고 싶었던 것은 그곳에 그레이엄이 있기 때문이었고, 미키가 자신의 상사가 되는 것이 싫었다. 또다시 선택의 기로에 선 버핏은 이제 완전히 고향 오마하로 돌아가기로 마음먹었다.

스무 살에서 스물여섯 살이 되는 사이 버핏의 자산은 9,800달러에서 15만 달러로 불어나 있었다. 버핏은 더 이상 푼돈을 세고 있을 필요가 없었다. 그는 자신과 가족의 안락한 생활을 보장할 수 있을 정도로 충분한 돈을 벌어놓은 상태였다. 하지만 그의 검소하고 절약적인 생활 태도는 여전했다.

고향 오마하에 완전히 돌아온 버핏은 가족이 살 만한 적당한 집을 월 175달러에 빌린 후 아내에게 알아서 취향에 맞게 꾸미라고 했다. 그러나 버핏은 그런 일에 돈을 많이 쓰는 것을 좋아하지 않았다.

버핏은 늘 마음 한구석에 자리 잡고 있던 고향 오마하로 돌아오긴 했지만 정작 자신이 무엇을 해야 할지는 결정하지 못했다. 대학에 다시 진학해서 법을 공부하고 싶다는 생각도 잠시 했지만, 역시 돈을 불려야겠다는 쪽으로 마음이 기울어졌다.

'스무 살에서 스물여섯 살까지 6년 동안 연평균 60퍼센트 정도 돈을 불렸던 셈이야. 앞으로도 계속 이런 수치로 나간다면 서른다섯 살까지 백만장자가 되겠다는 꿈을 이룰 수 있어. 하지만 좀 더 서둘러야겠어. 그러려면 새로운 뭔가를 시작해야 해.'

고민 끝에 버핏은 금융투자조합을 결성하기로 했다. 그 결정에는 가족들과 친구들의 권유도 한몫했다. 그리하여 1956년 5월 1일, 스물여섯 살의 젊은 투자가 버핏은 '버핏 어소시에이츠'라는 투자조합을 설립하게 되었다. 7명의 조합원들로 시작했는데 그중 두 사람은 버핏의 가족인 고모 앨리스와 누나 도리스였다.

나머지는 오랜 친구나 지인들이었고, 과거 와튼 스쿨 시절의 룸메이트였던 찰스 피터슨도 끼어 있었다. 이 조합원들을 통해 버핏은 10만 5,100달러를 모을 수 있었다. 끄트머리의 100달러는 이 사업에 그가 내건 '판돈'과 같은 것이었다.

버핏의 차분하고 냉철한 판단력, 그리고 그동안의 경험에서 오는 자신감과 식견은 잠재적 투자자들에게 신뢰감을 불러일으켰다. 그리하여 1957년 말에는 몇몇 부유한 의사들을 설득하여 그의 투자조합에 참여하게 했다. 이로써 버핏이 투자할 수 있는 자본은 거의 50만 달러로 불어났다.

멋진 내 집을 장만했어

처음부터 버핏은 자신의 조합원들에게 엄격한 규칙을 내세웠다. 그들은 자기 돈이 어떻게 투자되고 있는지를 물을 수 없었고, 버핏은 그들에게 포트폴리오를 밝히지 않는다는 조건이었다. 이러한 조건은 버핏에 대한 절대적인 신뢰가 없이는 불가능한 것이었다.

조합이 투자하는 모든 거래는 철저하게 비밀리에 실행되었다. 이러한 규칙이 영 마음에 안 드는 사람은 매년 12월 31일에만 투자금을 되찾아갈 수 있었다.

버핏은 두 가지 이유로 그의 의사결정 과정을 계속 비밀에 부쳤다. 첫 번째 이유는 만약 오마하의 다른 주식중개인들이 그가 사려는 주식이 어떤 것인지를 알게 되면 그들 역시 이 주식을 사려고 달려들지 모른다는 우려 때문이었다. 이렇게 되면 주당 가격이 올라 버핏 자신이 원하는 만큼의 주식을 얻는 데 더 많은 비용을 지불하게 되므로 손해를 볼 수도 있다는 거였다.

두 번째 이유로는 버핏의 투자에는 날카로운 육감도 많이 작용하기 때문이었다. 만약 투자자들이 자신의 돈이 어떻게 관리되고 있는지를 안다면, 그중에는 불안을 감추지 못하고 투자 조합에서의 탈퇴를 고려하는 사람이 생길지 모를 것이었다.

사실 버핏은 보통 그가 지닌 자금의 최대 절반까지를 단일 기업에 투자하는 경우가 많았다. 그리고 종종 이런 기업은 자산도 숨겨져 있고 주식가격도 낮은 것이 꼭 망할 날이 머지않은 것처럼 보이는 경우가 많았다. 그런 기업을 찾아내는 것이 버핏의 특기였지만 투자자 입장에서는 불안할 수 있었고, 그것을 막기 위해 버핏은 투자 과정을 비밀로 해야 한다고 판단했던 것이다.

사업 초기에 투자자들은 버핏을 믿고 자신의 돈을 맡기는 대가로 매년 4퍼센트의 수익을 보장받았다. 비록 투자가 손해를 보았더라도 마찬가지였다. 그것은 자신을 믿어주는 것에 대한 버핏의 약속이었고, 만약 손해가 났을 경우 보상을 위해 버핏은 개인 돈을 사용했다.

만약 투자를 통해 1년에 4퍼센트 이상의 수익을 내면 버핏은 그 차액의 25퍼센트를 갖고 75퍼센트는 조합원에게 돌려주었다. 예를 들어 10만 달러를 투자하면 첫해에 4,000달러의 이익을 보장받을 수 있었다. 그러나 투자 결과 2만 달러를 벌었다면, 버핏은 보장된 수익을 제한 후의 그의 몫인 4,000

달러를 챙기고 조합원은 1만 6,000달러를 가져가게 되는 것이다. 버핏은 투자자들에게 이익을 주는 일을 맡은 대가로 수수료를 따로 받지 않고 그 수익을 나눠 가졌다.

투자조합은 순전히 그레이엄의 원칙을 적용할 수 있는 버핏의 능력과 각종 기업에 대한 정보를 빠르게 분석하고 기억할 수 있는 그의 천재적 역량에 기대고 있었다.

첫해에 버핏 투자조합은 10퍼센트의 이익을 남겼다. 같은 해에 다우존스 산업평균지수*가 8퍼센트 떨어진 것에 비하면 아주 좋은 성적이었다.

이 투자의 성공으로 큰 이익을 본 버핏은 1958년에 드디어 자신의 집을 샀다. 그것은 파르남 가 교외에 있는 침실 5개짜리의 외장이 멋진 집이었다. 버핏 가족이 그 집에 둥지를 틀면서 막내아들 피터가 태어났다.

버핏은 장난삼아 이 집을 '버핏의 아방궁'이라 불렀으며, 무엇보다 3만 1,500달러라는 집의 가격에 흡족해했다. 대저택 치고 저렴한 가격이었기 때문이었다. 물론 집값이 비쌌다

---

* 미국의 다우존스 사가 뉴욕 증권시장에 등록된 주식 가운데 가장 신용 있고 안정된 우량기업 주식 30개 종목을 표본으로 시장가격을 평균하여 내는 세계적인 주가지수.

면 결코 사지 않았을 것이다. 버핏은 남는 침실에 사무실을
마련하고는 그곳에서 긴 시간을 보내며 기업을 분석하고 숨
은 보석 같은 주식을 찾아내는 일을 했다.

평생을 함께할 사업 파트너
찰리 멍거를 만나다

버핏 투자조합을 시작한 지 3년 정도 지난 후부터 버핏은 찰리 멍거와 자신의 투자 계획을 논의하기 시작했다. 멍거는 그때부터 평생 버핏이 가장 신뢰하는 투자 조언자이자 가장 가까운 친구이며 사업 파트너가 되었다. 버핏보다 여섯 살이 많은 멍거는 오마하에서 성장했고 10대 시절에는 버핏의 할아버지 식품점에서 일하기도 했다. 그런 인연이 있는 멍거와 버핏은 1959년이 되어서야 지인의 소개로 만나게 되었다.

두 사람이 지인의 소개로 처음 만난 곳은 오마하 클럽에서였다. 오마하 클럽은 오마하에서 이름 날리는 사람들이 모이는 곳이었다. 그들은 오마하 클럽 지하에 있는 스쿼시 연습장에서 스쿼시 연습을 하거나, 1층 로비에서 잡담을 나누거나, 2층 홀에서 춤을 추었다.

그리고 가끔은 단체나 행사의 기금을 조성하기 위해, 혹은 결혼식을 올리거나 각종 기념일을 축하하기 위해 그곳을 찾았다. 하지만 오마하 클럽을 찾는 가장 중요한 이유는 바로 사업과 관련된 이야기를 나누기 위해서였다. 그곳의 좌석은 남에게 방해받거나 남이 들을까봐 신경 쓰지 않아도 될 만큼 충분한 거리를 두고 배치되어 있기 때문에 사업하는 사람들의 취향에 아주 잘 맞았다.

1959년 여름의 어느 금요일이었다. 버핏은 오마하 클럽에서 매형과 매제이자 사업 파트너였던 닐 데이비스와 리 사먼과 함께 점심식사를 했다. 그리고 곧이어 두 사람과 버핏은 데이비스의 아버지인 에디 데이비스 박사를 만나게 됐다. 데이비스 박사는 버핏을 보더니 이렇게 말했다.

"당신을 보니 문득 생각나는 사람이 있군요."

"그게 누굽니까?"

"지인 중에 찰리 멍거라는 사람이 있는데 당신에게 그를 소개해주고 싶습니다."

●● 2003년 비크셔 해서웨이 연례 주주총회에 참석한 워런 버핏과 그의 사업 파트너인 찰리 멍거. 지인의 소개로 만나게 된 버핏과 멍거는 지금까지 좋은 사업 파트너로 지내고 있다.

그로부터 며칠 후 버핏은 오마하 클럽 별실에서 찰리 멍거를 처음 만났다. 데이비스 부부와 사먼 부부도 함께하는 자리였다.

'꼭 보험상품을 팔러온 보험 영업인 옷차림이군.'

멍거는 버핏을 보며 이런 생각을 했다. 변호사였던 멍거는 이미 세상 물정에 훤했고 로스앤젤레스에서 사업도 하고 있었으며, 상류층 문화에 익숙해 있었다. 데이비스의 아버지 소개로 만나게 된 둘은 바로 이야기를 나누기 시작했다.

"내가 어렸을 때 당신 할아버지 가게에서 일을 했죠. 마치 노예처럼 꼭두새벽부터 밤까지 일을 했어요."

"네, 잘 알아요. 저도 잠깐이지만 할아버지 가게에서 일을 해본 걸요. 제 할아버지는 일 많이 시키기로 유명한 분이셨죠. 저 역시 손자라고 해서 봐주는 법은 없었으니까요."

"네, 맞아요. 그래도 저는 판사였던 할아버지와 변호사였던 아버지를 둔 덕에 다른 직원들에 비해 조금은 봐주신 편이었어요. 혹시 문제가 될 수도 있으니까요. 하하하."

"네, 그랬군요."

버핏과 멍거는 본격적으로 많은 이야기를 나누었다. 같은 고향 사람이라서 그런지 둘의 이야기는 술술 잘 풀렸다. 그 자리에 있던 다른 사람들은 그들의 대화에 낄 틈이 없을 정도로 두 사람의 대화는 자연스러웠고 서로 죽이 잘 맞았다. 특히 멍거는 버핏이 자신의 투자 방식과 스승 그레이엄, 그리고 그에게서 배운 것에 대해 이야기를 하자 거기에 푹 빠지고 말았다. 그는 버핏이 캘리포니아에 살지도 않으면서 그곳에서 사업체를 운영하는 사람들의 저축액과 부채에 대해 많은 정보를 확보하고 있다는 사실이 매우 놀라웠다.

찰리 멍거와의 만남으로 더 좋은 투자 성적을 내다

대화가 깊어질수록 두 사람은 서로의 장점을 확실히 파악할 수 있었다. 멍거가 버핏에게 직설적으로 물었다.

"당신이 지금 하는 일이 정확하게 뭡니까?"

버핏은 그 질문에 대해 솔직하고 성실하게 대답했다. 어쩐지 멍거가 마음에 들었고 자신에게 필요한 인물이라는 생각이 들었기 때문이었다.

"여러 가지 투자에 손을 대고 있지만 투자조합 일이 가장 핵심입니다. 57년에 주식시장이 8퍼센트나 빠졌을 때도 저희 투자조합은 10퍼센트의 수익을 냈죠. 그리고 그다음 해 저희 조합의 투자자산 가치는 40퍼센트가 넘게 증가했습니다. 전제가 받은 수수료 중 운영 비용만 빼고 다시 전부 재투자를 합니다. 그 결과 8만 3,085달러로 자산이 불어났죠. 버핏 투자조합 말고 제가 지분을 가지고 있는 버핏 펀드 등 6개의 투자회사에 각각 100달러씩, 전부 700달러를 최초 투자자금으로 넣었는데 지금 현재 이 돈은 전체 투자회사 지분 가운데 9.5퍼센트까지 늘어났습니다. 수익률도 계속 좋아서 1959년에도 다우 지수 상승률을 뛰어넘어 제가 투자한 자금 및 지분

비율은 점점 더 커질 것입니다. 투자자들은 신이 났고 동업자가 되겠다는 사람들이 점점 늘고 있어요."

버핏의 이야기를 다 듣고 난 멍거는 이렇게 물었다.

"제가 캘리포니아에서도 그런 걸 할 수 있을까요?"

로스앤젤레스에서 변호사로 성공한 사람이 할 만한 이야기는 아니었다. 하지만 버핏은 환하게 웃으며 대답했다.

"네, 저는 할 수 있다고 자신 있게 말할 수 있습니다."

두 사람은 다른 사람들이 자리를 뜬 이후에도 계속 이야기를 나누었다.

로스앤젤레스에서 법률가로서의 경력을 쌓은 하버드 출신의 변호사 멍거는 좀 더 여유 있고 독립적인 생활을 간절히 원했다. 그러던 그가 버핏에게 자극받아 자신도 전문적인 투자가가 되겠다고 생각한 것이다. 버핏의 도움이 있다면 가능하다는 판단에서였다. 멍거는 버핏이 지닌 투자가로서의 천재적인 재능을 알아보았다. 버핏 역시 멍거의 뛰어난 지력과 날카로운 판단력에 깊은 인상을 받았다.

'멍거는 훌륭한 투자가가 될 만한 자질이 있어 보여.'

버핏과 멍거가 타인과 교류하는 방식은 서로 달랐다. 친절하고 소박한 버핏에 비해 멍거는 차갑고 무뚝뚝해 보이는 편이었다. 그러나 두 사람은 동시에 상대의 가치를 알아보았다.

며칠 후 버핏과 멍거는 아내들을 동반하고 다시 만났다. 이번에는 투자 이야기에서 벗어나 일상에 관해 이야기하며 편안하고 즐거운 시간을 보냈다. 그리고 고향 오마하에 가족을 만나기 위해 잠시 와 있었던 멍거는 로스앤젤레스로 떠났다. 하지만 버핏과 멍거의 교류는 거기에서 끝이 아니었다.

멍거가 로스앤젤레스로 돌아간 이후 버핏은 그에게 전화를 걸어 투자에 관한 조언을 구하기 시작했다. 멍거 또한 마찬가지였다. 점차 두 사람은 비공식적인 파트너십을 형성했고 서로 자신의 투자 아이디어에 내해 상대의 의견을 구하며 검증하는 과정을 거쳤다. 두 사람은 의견을 조율한 후 몇 개의 기업에 함께 투자했다. 그 결과 시너지 효과가 크게 났고, 두 사람의 투자 성적은 매우 좋았다.

백만장자의 꿈을
3년이나 앞당기다

1950년대 말은 미국 주식시장이 강세를 보이던 시기로 주식가격이 계속 고공행진을 이어갔다. 이 시류에 힘입어 버핏 투자조합은 3년 만에 돈을 두 배로 불렸다. 더 많은 버핏의 친구들과 지인들이 투자조합에 동참했는데, 거기에는 예전에 워싱턴에서 핀볼 기계 사업을 같이 했던 도널드 데인리도 포함되어 있었다. 그러나 버핏의 비밀 거래 방식에 대한 이야기를 듣고는 돈을 맡기지 않으려 하는 투자자들도 있었다.

전반적으로 시장 전망이 밝았던 5년 동안 버핏 투자조합은 초기 투자에서 251퍼센트의 놀라운 수익을 올렸다. 같은 기간에 다우존스는 전체적으로 74퍼센트 상승했으며, 이 정도만으로도 사람들이 아주 만족할 만한 결과였다는 것을 생각해봤을 때 버핏의 투자조합의 수익률은 대단한 수치였다.

젊은 투자가가 가지고 있던 놀라운 직관과 통찰을 끝까지 믿어주었던 사람들은 풍족하게 보상받았으며, 버핏 자신 역시 엄청난 속도로 돈을 불려나가게 되었다.

서른두 살이 되던 1962년, 버핏은 드디어 백만장자가 되었다. 서른다섯에 백만장자가 되겠다는 어릴 적 꿈을 3년이나 앞당겨 이룬 것이다. '버핏 파트너십'이라고 불리게 된 버핏 투자조합은 자본금 720만 달러를 확보하고 있었으며, 그 중 버핏의 몫은 100만 달러가 넘었다.

비핏을 제외하고 6명의 투자자로 시작한 투자조합은 초기에는 투자자들의 숫자가 얼마 되지 않았지만, 1962년 시점의 조합원 수는 90명에 달했고 최소 투자금액도 10만 달러에 이르렀다.

'드디어 어릴 때부터 생각하던 꿈을 이루었어. 이제 새로운 꿈을 정해야 할 때야. 그래, 세계 최고의 부자가 되어보는 거야.'

버핏은 마음속에 새로운 목표점을 정하고 그곳을 향해 출발하는 깃발을 꽂았다.

'아무래도 새로운 꿈은 주식투자만으로는 이루기 어려워. 이제 투자의 형태에 변화를 줘야 해. 주식투자만이 아니라 회사 자체를 매입해 수익을 내야겠어."

기업을 사는 새로운 방식의 투자

1962년은 버핏의 투자 인생에 있어 분수령이 되는 해가 되었다. 버핏은 자신의 두 번째 꿈을 위해 한 기업의 주식을 사들이기 시작했다. 그 기업은 바로 자신의 투자 제국의 본거지가 될 '버크셔 해서웨이'였다.

그 당시 버크셔 해서웨이는 뉴잉글랜드의 섬유공장 단지였고 그곳의 주식은 스승 그레이엄에게서 배운 시각, 즉 회사가 가지고 있는 가치를 봤을 때, 낮은 가격으로 거래되고 있는 '숨은 보석'처럼 보였다. 버크셔 해서웨이의 주식은 주당 7.6달러에 거래되고 있었지만, 이 회사의 투자와 자산을 계산에 넣으면 실제 주당 가치는 16달러가 넘었다.

버핏은 은밀하게 버크셔 해서웨이 주식의 상당 부분을 사들였다. 곧 버핏 투자조합은 어떤 다른 단일 투자자보다 더 많은 버크셔 해서웨이의 주식을 소유하게 되었다. 이로써 투자조합은 버크셔 해서웨이의 지배지분*을 확보하여 이 회사의 이사회에 자리를 하나 배정받을 수 있는 자격을 갖게 되었다. 버핏은 그의 투자 사실을 당분간 숨기고 싶었기에 이사회에 대신 참여할 사람을 고용하기도 했다.

이듬해인 1963년, 버핏은 버크셔 해서웨이의 본사와 가장 큰 공장이 있는 매사추세츠의 뉴베드퍼드를 방문했다. 그리고 그곳을 둘러본 후 확신을 갖고 자신의 투자조합이 버크셔 해서웨이의 주요 주주라는 사실을 밝혔다. 이제 그 사실을 밝혀야 할 때가 왔다는 판단이 들었기 때문이다.

사실 북동부 지역에 있는 뉴잉글랜드의 섬유공장 단지에 대규모 투자를 하기로 한 버핏의 결정은 그 당시 상황으로 봤을 때 이해하기 쉬운 결정은 아니었다. 공장 소유주들이 사업체를 하나둘씩 남부 지역으로 옮겨가고 있어 그 지역의 섬유산업은 침체를 겪고 있었기 때문이었다.

---

* '기업 지배권'이라고도 한다. 의사를 결정할 수 있는 권리가 있는 주식의 50퍼센트 이상을 소유할 경우 기업에 대한 지배권을 확보하게 되므로 50퍼센트 이상의 지분을 지배지분이라고 부른다.

남부 지역이 노동자의 임금도 더 낮고 재료인 목화 또한 그곳에서 생산되어 수송비가 적게 든다는 장점이 있었다. 남부 지역에 가면 생산비가 훨씬 절감되니 사업주들이 그쪽으로 옮겨가는 것은 당연한 현상이었다. 또한 뉴잉글랜드의 섬유산업 경쟁력은 외국에서 생산되어 싼 값에 거래되는 직물로 인해 더욱 타격을 받았다.

1960년대에 일부 산업 분석가들은 뉴잉글랜드에 남아 있는 몇 안 되는 섬유공장들도 머지않아 문을 닫게 될 거라고 추측했다. 버크셔 해서웨이에서의 상황을 봤을 때 그 추측은 신빙성이 있어 보였다. 버핏 투자조합이 이 회사에 대한 지배 지분을 확보한 지 얼마 있지 않아 버크셔 해서웨이는 두 개의 공장만 남기고 전부 폐쇄했으며 직원 1만 명을 내보냈다.

버핏은 이러한 현상에 대해 남다른 분석을 내놓았다. 이 회사가 고전을 겪는 것은 무능한 경영진 탓이라는 분석을 했고 그에 대해 확신이 있었다. 그는 오랜 기간 버크셔 해서웨이의 소유자였던 시버리 스탠턴과 그의 아들이자 법정 추정 상속인인 잭으로부터 버크셔 해서웨이의 경영권을 빼앗기로 했다. 1965년, 버크셔 해서웨이 주식의 49퍼센트를 손에 넣은 버핏은 이사회에서 자기 뜻을 이룰 수 있었다. 그는 자청하여 버크셔 해서웨이의 이사가 되었고, 회사의 경영 정상화를 위해 자신이 선택한 간부를 회사 사장으로 앉혔다. 그리고 남아 있는 버크셔 해서웨이 직원 2,500여 명에게 이렇게 약속했다.

"무슨 일이 있더라도 마지막 남은 회사의 두 공장은 계속 가동하겠습니다."

하지만 버크셔 해서웨이가 섬유 제조업체로서 장기적으로 생존하기 위해 필요한 조치인 공장 현대화나 신제품 개발에 대한 약속은 하지 않았다. 그 대신 버핏은 버크셔 해서웨이의 현금 보유고와 연 수익을 다른 기업에 투지하기 시작했다.

그는 이익률이 낮은 사업의 돈을 이익률이 높은 사업으로 옮겨가며 투자해야 한다는 투자가로서의 원칙을 지킨 것이다. 비록 그 회사가 자신이 소유한 회사라 할지라도 그 원칙에는 흔들림이 없었다.

직관을 믿고 밀어붙이다

회사를 매입하는 투자 방식을 택한 후 버핏의 관심을 끈

기업은 금융 서비스 회사인 '아메리칸 익스프레스'였다. 제2차 세계대전 이후 미국은 크게 발전했고 해외로 여행하는 미국인들의 수가 전보다 많이 증가했다. 이 관광객들 상당수는 다량의 현금을 갖고 다니기를 꺼려하여 소액의 서비스료를 지불하고 아메리칸 익스프레스의 여행자 수표를 샀다.

여행자 수표는 돈을 미리 지불하면 어떤 은행에서든 현지 통화로 되찾을 수 있는 것으로 현금과 같은 기능을 했다. 만약 잃어버리거나 도난당할 경우 수표는 무효가 되기 때문에 여행자는 돈을 잃어버릴 걱정을 할 필요도 없었다.

이 외에도 아메리칸 익스프레스는 소비자에게 다량의 현금을 지니지 않아도 되는 다른 방법을 제시했다. 1958년에 이 회사는 지금 우리가 널리 사용하고 있는 신용카드의 초기 형태를 소개했다. 그것은 여행자 수표처럼 매우 인기 있었고 아메리칸 익스프레스는 계속 성공가도를 달렸다. 이번에도 버핏의 뛰어난 안목과 결정이 확실하게 빛을 발했다.

1965년, 버핏은 또다시 자신의 직관을 따르는 결정을 했다. 버핏이 뉴욕에 출장을 갔을 때였다. 그는 '월트디즈니 프로덕션'의 영화 〈메리 포핀스〉를 관람했는데, 영화를 보기 위해 줄지어 늘어선 부모와 아이들의 행렬을 보며 '디즈니'라는 브랜드가 갖고 있는 막강한 힘을 느낄 수 있었다. 가정용 비디오가 보급되기 오래 전, 버핏은 디즈니가 제작한 과거에 개봉된 어린이용 영화들 역시 계속 수익을 창출할 수 있음에 주목했다.

나중에 버핏은 자녀들을 데리고 디즈니랜드로 놀러 가 아이들이 노는 동안 디즈니가 캘리포니아 주 애너하임 시에 있는 테마공원을 어떻게 운영하는지 자세히 살펴보는 시간을 가졌다. 그는 그곳에서 관찰한 많은 것을 마음에 들어 했다.

디즈니의 미래가치를 확신한 버핏은 디즈니 주식에 400만 달러를 투입하여 그의 투자조합은 디즈니 지분 5퍼센트를 획득했다. 그리고 이는 매우 현명한 투자였음을 증명하는 결과가 곧 드러났다.

1967년에 디즈니는 플로리다의 올랜도 근처에 또 다른 테마공원을 착공했다. 그리고 '월트디즈니월드'라는 이름을 갖게 된 이곳이 휴양지로 굉장한 인기를 누렸으며 버핏은 이 공원이 창출하는 이익에 주주로서 큰 이해관계를 갖게 되었다.

아메리칸 익스프레스와 디즈니 같은 회사에 투자함으로써 버핏의 투자조합의 수익률은 다우존스 산업평균지수를 큰 차이로 앞질렀다. 예컨대 1965년에 다우존스는 14.2퍼센트 상승을 기록했지만, 버핏의 투자조합은 47.2퍼센트의 상승을 달성했다. 그리고 다음 해에 다우존스는 15.6퍼센트 주저앉았지만, 버핏의 투자조합 수익은 20.4퍼센트 올랐다. 놀라운 결과였다.

그러나 버핏은 이런 상황에서 조합원들의 과다한 기대를 가라앉히는 것을 자신의 과제라고 생각했다. 현재 뛰어난 실적을 보이고 있다 해서 매년 이런 수익을 장담할 수는 없는 일이었기 때문이다. 그래서 그는 1966년 매년 투자자에게 보내는 연례보고서를 쓰면서 이렇게 경고했다.

"다우존스가 14.2퍼센트일 때 우리가 47.2퍼센트의 수익을 낸 것은 무척이나 기쁜 일입니다. 하지만 이런 결과는 확실히 비정상적인 것으로 간주되어야 합니다. 계속 그런 결과를 낼 수는 없습니다. 우리는 언제나 정상적인 이익률에 대해서만 기대해야 합니다."

버핏의 사업 규모가 점점 커지자 집에 있는 빈 침실을 개조한 사무실 공간은 비좁아질 수밖에 없었다. 그래서 그는 집에서 가까운 파르남 가에 위치한 수수한 고층 건물 키위트 플라자에 사무실 공간을 임대했다.

그는 직원을 몇 명 두었지만, 투자결정에 대한 정보를 그들에게 따로 공개하진 않았다. 비밀스런 투자 영역을 지키는 방식은 늘 계속되었다. 그가 자신의 투자 영역을 털어놓는 사람은 멍거 단 한 사람뿐이었다.

버핏은 여전히 부지런한 투자가였다. 모든 수치 자료를 점검하고 분석하는 일도 게을리하지 않았다. 그러던 1964년, 존경하던 아버지 하워드 버핏이 세상을 떠났다. 아버지의 영향력을 많이 받은 버핏은 사무실에 아버지 초상화를 걸어놓고 아버지에 대한 추억을 되새기며 그리움을 달랬다. 그러는 동안에도 버핏의 자산은 꾸준히 늘어나고 있었다.

7장

부의 비밀은
알아냈으나
삶의 균형이
흔들리다

부의 비밀을
알아내다

1967년, 서른일곱 살이 된 버핏의 순자산은 1,000만 달러에 달했다. 어린 시절의 꿈이었던 백만장자보다 10배나 많은 재산을 갖게 된 것이었다.

그러나 버핏은 자신과 자기 주변을 돈으로 치장하지 않았다. 그와 그의 가족은 여전히 소박하고 검소하게 살았다. 버핏의 겉모습을 보면 그가 그런 엄청난 부를 소유한 사람이라는 것을 상상도 못 할 정도였다.

갑부 소리를 듣는 다른 사람들과는 달리 그는 유럽 휴양지에 별장을 구입하지도 않았고 화려한 파티를 열지도 않았으며 할리우드의 스타들이나 사교계의 명사들과 어울리지도 않았다. 아내 수잔 역시 버핏의 그러한 생활 방식에 잘 따라주었다.

버핏 부부는 자녀들을 학비가 저렴한 공립학교로 보냈다. 뿐만 아니라 자녀들에게 자기가 쓸 돈은 스스로 버는 것이 가장 가치 있는 일임을 가르쳤고, 용돈을 주더라도 또래 아이들과 비슷한 수준을 넘지 않았다.

버핏은 단순한 것에서 기쁨을 찾았다. 그는 브리지 게임과 음악, 그리고 조촐한 디너파티에 오래 사귄 고향 친구들을 초대해 이야기 나누는 것을 가장 좋아했다. 그러나 무엇보다 버핏은 투자 세계가 가지고 있는 모험을 사랑했다.

이미 큰 재산을 모았음에도 그는 완전히 자기 일에 몰입했다. 대부분의 시간을 사무실에 앉아 재정보고서를 읽고, 대차대조표를 연구하며, 전화통화를 통해 멍거의 의견에 귀 기울이며 지냈다. 이 모든 것은 투자에 대한 확신이 설 때까지 끊임없이 반복되는 과정이었다.

버핏은 투자 인생을 제외한 나머지 삶은 늘 아내 수잔에게 기대고 있었다. 특히 자녀교육 문제는 전적으로 아내의 몫이었다. 그러다 보니 자신에게 언제나 많은 관심과 사랑을 주었

던 돌아가신 아버지에 비해 그는 형편없는 아버지가 되어가
고 있었다.

시장엔 거품이 생기기 시작하고

1967년 10월, 버핏의 투자조합의 가치는 6,500만 달러에
달했다. 처음 10만 달러로 시작했고 회사가 세워진 지 겨우
10년을 조금 넘겼다는 사실을 감안할 때 이는 정말 어마어마
한 금액이었다.

1960년대 말까지 버핏은 그의 투자조합을 약 12년간 이끌
어왔다. 이 시기 농안 투자조합의 주당 가치는 30배가 증가했고
12년 동안 버핏은 물론 조합원들도 많은 돈을 벌 수 있었다.

투자조합의 많은 조합원들은 앞으로도 상당 기간 동안 풍
성한 수익을 올릴 수 있을 것으로 기대했다. 그 어느 때보다
많은 돈이 주식시장에 유입되고 있었고, 이것이 주가상승을
부채질했기 때문이다. 월 스트리트는 한창 강세시장의 열기
로 후끈 달아오른 상태였고, 버핏 파트너십의 투자자들은 이
런 호기를 계속 이용할 수 있다고 낙관했다.

새로운 세대의 주식중개인들 등장이 이런 낙관주의에 더욱 불을 붙였다. 주식시장에 젊고 정열적인 인재들이 유입되었는데 그들은 고소득 미국인만이 아닌 모든 미국인이 주식시장에 투자해서 돈을 벌 수 있다고 주장했다.

그런데 이 독립적인 중개인들은 자신들이 사고자 하는 주식에 해당하는 기업의 기초체력이나 장기적인 전망에는 관심이 없었다. 그들은 시간별로, 심지어는 분 단위로 주식가격을 감시하고 사고팔기를 밥 먹듯 해가며 가격변동을 이용해 이익을 챙겼다.

버핏의 투자 철학은 그들이 하는 것과는 확실히 달랐다. 그는 여전히 길게 내다보았고 성장 전망이 높지만 현재 주식이 저평가되어 있는 건실한 기업을 찾는 일에 몰두했다. '돈 놓고 돈 먹기' 식의 머니 게임과 같은 방식은 적용하지 않았다.

버핏은 언제나 자신의 투자 원칙을 지키려 했지만 1960년대 말의 강세시장에서는 그가 노리는 숨은 보석 같은 주식은 쉽게 발견되지 않았다.

"이것은 분명 잘못된 현상이야. 시장이 지나치게 고평가되고 있어. 사람들에게 손에 잡히지 않는 환상을 심어주는 꼴이야."

그런 판단을 한 버핏은 다시 한 번 과감한 결정을 내렸다. 모두가 주식을 사기 시작할 때 그는 갖고 있는 주식을 팔았다. 사회적 분위기를 거스르는 방식이었다. 아메리칸 익스프레스가 가장 힘들었던 시기에 매입한 1,300만 달러의 주식을 1967년에 3,300만 달러에 팔았고 디즈니 주식 역시 50퍼센트의 이익을 남기고 팔았다.

물론 별 재미를 못 본 투자도 있었다. 그는 볼티모어에 기반을 둔 백화점 체인 한 곳과 남부에 있는 또 다른 체인을 매입했지만, 두 군데 모두 주목할 만한 성장을 보여주지 못했다. 또한 버크셔 해서웨이 공장들은 매년 겨우겨우 이익을 뽑아냈고, 버핏은 그 회사의 자산을 다른 곳에 투자했다. 버핏이 소유한 한계기업*들은 강세시장의 힘을 받아 그럭저럭 명맥을 유지했다.

---

* 한 산업에서 가장 효율이 나쁜 기업으로 손해를 보지 않을 정도로 최소한의 이익만을 내다가 불황이 되면 곧바로 적자로 전락하는 경우가 많다.

대세를 따르지 않고
자신이 깨달은 '부의 비밀'을 따라가다

1969년, 버핏은 새로운 결심을 했다.

'주식시장의 거품이 언제 사라질지 몰라. 모든 것에 너무 비싼 값이 매겨져 있어. 그런데 우리 조합원들은 항상 푸짐한 수입에 익숙해져 있지. 적은 이익이나 손해를 견뎌내지 못할 거야. 이제 장을 정리할 때가 됐어.'

그동안 즐거웠던 파티는 여기서 일단 끝내야 했다. 버핏은 자신이 처한 상황에 대한 해결책은 단 하나밖에 없다고 결론 내렸다. 그리하여 1969년 5월 29일, 그는 투자조합의 문을 닫 겠다고 선언함으로써 조합원들을 깜짝 놀라게 했다.

"저는 이런 시장 환경에 적응할 수가 없습니다. 괜히 제가 이해하지도 못하는 게임에 뛰어들어 이제까지 쌓아놓은 좋은 기록을 망치고 싶지 않습니다. 저는 명예롭게 물러나고 싶거 든요."

버핏은 투자조합의 포트폴리오에서 두 개의 자산, 남부의 백화점 체인과 버크셔 해서웨이만을 남기고 모두 처분하겠다 는 말도 했다.

"이 두 회사의 주식은 그대로 보유할 계획이며 저는 이를 통해 매년 10퍼센트 정도의 이익을 건질 수 있길 바라고 있습니다. 그리고 여러분 중에 계속 저와 함께 가길 원하시는 분이 있다면 버크셔 해서웨이 주식을 사시기 바랍니다. 그럼 저와 다시 한 배를 탈 수 있습니다."

그때 버크셔 해서웨이 주식은 주당 43달러 정도였다. 버핏은 그 전에 주당 7.5달러에 회사의 지분을 사두었었다.

버핏이 이러한 선언을 한 뒤 조합원들 중 일부는 그와의 관계를 끊었다. 이들은 버핏이 이미 투자의 방향을 상실했다고 여겼고 그의 섬유공장 사업은 실패할 확률이 높다고 생각했다. 그러나 이들과 달리 버크셔 해서웨이 주식에 투자한 사람들이 더 많았다. 버핏에 대한 그들의 믿음이 여전했기 때문이었다.

사실 버핏의 투자조합 '버핏 파트너십'은 그동안 그 설립자인 버핏에게 적지 않은 스트레스를 주었다. 투자자들이 계속해서 엄청난 이익을 기대하게 되었기 때문이다. 버핏은 조합의 해체와 함께 이제 그런 부담감에서 자유로워질 수 있었다.

버핏은 투자자들의 기대를 충족시켜야 한다는 스트레스에서는 해방되었지만, 돈에 대한 열정마저 사라진 것은 아니었다. 투자조합의 문을 닫은 이후에도 버핏은 스스로 계속 더 많은 돈을 벌기를 원했고, 혁신적인 방법을 쓰기로 했다. 그것은 바로 버핏이 오랜 세월을 통해 알아낸 '부의 비밀'이었다.

그가 결정한 방법 중 하나는 회사의 보유주식을 분산시켰음에도 그의 전체 기업을 버크셔 해서웨이라고 부르기로 한 것이었다. 버핏은 전통을 좋아했고, 그 이름은 안정적이고 고풍스럽게 들렸다. 또한 그 이름을 쓰는 것은 비교적 남모르게 일을 수행하는 그의 오랜 습성에도 적합했다. 실제로 버크셔 해서웨이는 상장회사가 되었지만 일반 거래자들은 이 기업을 단지 전과 같은 섬유회사라고만 생각할 것이기 때문이었다.

두 번째 방법은 바로 직접 회사를 매입하는 것이었다. 과거에 버핏이 주식 투자를 통해 대부분의 돈을 벌었다면 지금은 다른 전략으로 방향을 틀었다. 이는 바로 버핏이 발견해낸 핵심적인 부의 비밀이었다.

그런데 이 전략을 실행하려면 막대한 양의 현금이 필요했다. 그래서 버핏은 보험회사 '내셔널 인뎀니티'를 매입하여 필요한 현금을 확보할 수 있는 방법을 마련했다.

보험사업은 생각보다 훨씬 단순했다. 고객은 보험회사와의 계약을 유지하기 위해 주기적으로 보험료를 지불한다. 그리고 보험회사는 고객에게 교통사고나 화재를 겪는 등의 특정 사건이 일어날 경우 그 고객에게 재정적 손실을 보상해준다. 보험회사들은 고객에게 보상금을 지급할 때까지 고객으로부터 거두어들인 보험금을 그냥 갖고 있는 것이 아니라 그 돈의 상당액을 투자에 활용한다. 그리고 이를 통해 이익을 챙긴다.

버핏이 내셔널 인뎀니티를 사들일 당시 대부분의 보험사들은 보험금을 위험성은 적은, 따라서 수익도 적은 투자상품에 투자했다. 하지만 버핏은 대담했다.

'다수의 고액 보상금을 동시에 고객들에게 지급할 경우는 거의 없어. 그런데도 이 현금을 그냥 놀리는 건 어리석은 짓이야.'

그렇게 확신한 버핏은 고객으로부터 받은 보험금을 현금을 만들어내는 사업체를 매입하는 데 사용했다. 그는 이런 방법으로 다른 보험사들보다 훨씬 많은 수익을 올릴 수 있었다.

투자자보다는 소비자라는
생각으로 시장을 관찰하다

얼마 후 버핏은 내셔널 인뎀니티보다 한층 더 많은 유동수입(현금으로 바로 사용할 수 있는 수입-옮긴이)을 만들어내는 또 다른 기업을 찾아냈다. 바로 '블루칩 스탬스'였다. 그는 멍거와 손을 잡고 1970년에 블루칩 스탬스의 지분을 사들이기 시작했다.

여러 슈퍼마켓과 상점들이 이 회사가 발급하는 경품권을 구매하여 우수고객에게 나누어주었는데, 이 경품권을 토스터나 그릇 또는 프라이팬 같은 가정용품과 교환할 수 있었다. 그러나 고객은 그것을 잃어버리거나, 깜빡하고 이용하지 않거나, 물건으로 교환할 수 있을 정도로 충분히 모으지 못하는 경우가 많았다. 그럼에도 상점들은 블루칩 스탬스에 경품권 값을 미리 지불하고 경품권을 샀기 때문에 블루칩의 금고로 많은 돈이 들어왔다. 버핏과 멍거는 경품권을 판 돈을 투자를 위한 현금으로 활용했다.

버핏과 멍거 두 사람의 관계는 더욱 긴밀해졌다. 1971년, 버핏은 캘리포니아의 라구나 비치에 있는 휴가용 주택을 구입했다. 가족이 해변에서 쉬는 동안 버핏은 그 근처에 집을 소유하고 있던 멍거를 만나 투자에 대한 논의를 하며 여러 날을 보냈다. 또한 스승 벤저민 그레이엄을 찾아가 조언을 구하기도 했다.

버핏과 멍거는 함께 실적이 좋지 않은 사업으로부터 이윤을 뽑아낼 수 있는 방법을 궁리했다. 때론 그 회사의 직원을 해고하고 공장을 폐쇄하는 방법을 쓰기도 했지만, 대개는 회사의 놀고 있는 금융자산을 이용하여 다른 기업을 매입하는 방식으로 진행했다.

버핏은 항상 자신이 투자자라기보다는 소비자라는 생각으로 시장을 관찰했다. 소비자로서 이해가 가능한 주식이나 기업을 매입하는 것을 중요한 원칙으로 삼았다.

예를 들어 1972년에 사들인 '시즈 캔디즈 숍'에 투자할 때의 일이다. 처음에 멍거가 버핏에게 전화를 걸어와 그 회사를 사들이라고 권했을 때, 시즈 캔디즈라는 회사 이름을 들어본 적이 없던 버핏은 그 제안에 별로 솔깃해하지 않았다.

그러나 자신이 직접 연구와 분석을 해본 후에 마음을 바꿨다. 시즈 캔디즈가 캘리포니아의 초콜릿 시장을 지배하고 있다는 사실을 알게 되었기 때문이다. 이 회사는 그 지역에서는 제법 많이 알려져 있었고 안정된 고객 기반을 갖추고 있는 것으로 보였다. 시즈 캔디즈의 초콜릿은 다른 회사의 초콜릿보다 더 비쌌지만, 많은 '충성고객'들이 기꺼이 더 많은 값을 지불하고 시즈 캔디즈의 초콜릿을 샀다.

버핏은 멍거에게 다시 전화하여 블루칩 스탬스를 통해 시즈 캔디즈에 2,500만 달러를 제안하라고 전했다. 이는 버핏이 그때까지 지불한 최대 규모의 회사 매입 비용이었다.

버핏은 초콜릿 제조 과정에 대해서 전혀 아는 것이 전혀 없었지만, 사람들이 그것을 즐겨 먹는다는 사실은 알고 있었다. 그리고 그는 인지도 높은 브랜드명의 중요성을 잘 이해했다. 시즈 캔디즈를 매입한 것은 주식이든 회사든 금세 팔아서 이익을 챙기는 것이 아니라 오랫동안 갖고 있으며 가치를 상승시켜 최대의 이익을 얻으려는 버핏의 방식이 반영된 결정이었다.

만약 버핏이 그 회사를 짧게 몇 년간만 소유하다가 되팔았다면 그리 많은 이익을 건질 수 없었을 것이다. 버핏은 시즈 캔디즈를 매입한 후 버크셔 해서웨이의 소유재산에 포함시켜 오랫동안 그곳을 관리했다.

새로운 친구와
새로운 사업을 만나다

1970년대 초, 주식시장은 하락세로 돌아섰다. 보험금이라
는 무기를 들고 버핏은 다시 싸고 발전 가능성 있는 주식을
찾아 나서기 시작했다. 꼼꼼하고 철저한 연구 끝에 그는 언론
기업, 즉 유력한 신문사의 주식을 매입해야겠다는 생각을 했
다. 성장과 안정 두 마리 토끼를 모두 잡을 수 있는 주식이라
고 판단했기 때문이다.

버핏은 자신이 활용할 수 있는 돈 외에 돈을 더 빌려 '워
싱턴 포스트'사의 주식을 상당량 사들였다. 이 회사는 미국의
가장 유명한 신문 중 하나인 〈워싱턴 포스트〉를 소유한 기업

이었으며, 몇 개의 TV 방송국은 물론 시사 주간지 〈뉴스위크〉도 소유하고 있었다.

버핏이 워싱턴 포스트 사의 주식을 대량 샀다는 사실이 알려지자 워싱턴 포스트 사의 CEO이자 〈워싱턴 포스트〉의 편집장이기도 했던 캐서린 그레이엄이 화를 냈다.

"워런 버핏이라는 듣지도 보지도 못한 자가 우리 신문을 자기 것으로 만들려고 하는군. 하지만 마음대로 안 될걸. 내게서 신문사 경영권을 빼앗아갈 순 없을 거야."

그리고 캐서린은 워런 버핏이라는 인물에 대해 알아보기 시작했다. 그 결과 투자가 버핏은 대체로 '매우 놀라운 판단을 하는 비범하면서도 무서운 사람'이라는 것을 알게 되었다. 그녀는 불안해졌다. 그러나 버핏을 직접 만난 이후 그의 팬이 되고 말았다.

버핏을 직접 만나보니 '무서운 사람'이라는 평판과는 달리 매우 소박하고 위트 있는 사람이란 걸 알게 됐기 때문이다. 버핏과 캐서린은 잘 맞았다. 버핏은 새로운 친구가 생긴 것이 매우 기뻤다. 그들의 우정은 우정에서만 끝나지 않고, 두 사람 모두에게 확실한 이익을 가져다주었다.

대규모의 주식을 보유하여 워싱턴 포스트 이사회의 일원

●● 술을 즐기지 않았던 버핏은 평생 탄산음료를 즐겨 마셨다. 그래서인지 코카콜라 주식을 4억
주나 보유하고 있는 최대 주주다.

이 된 버핏은 자신의 투자에 대한 식견을 캐서린과 공유했다.
캐서린도 버핏을 중앙정치와 상류사회의 세계로 안내했다. 그
동안 고향 오마하에 파묻혀 조용히 살아온 버핏은 새로 알게
된 세상이 싫지 않았다. 그러나 높은 명성과 지위에도 불구하
고 버핏은 여전히 예전의 습관을 버리지 않았다. 가장 화려한
만찬장에서도 그는 술이 아닌 탄산음료를 주문하곤 했다.

한 번은 값비싼 고급 와인 한잔을 권유받았을 때 그는 손

으로 잔을 덮고는 농담을 했다.

"이거 대신 현찰로 주시오."

캐서린과의 우정은 별개로 하더라도, 버핏의 워싱턴 포스트 주식 매입은 또 다른 탁월한 투자였던 것으로 드러났다. 〈워싱턴 포스트〉의 탐사 전문 기자들은 '워터게이트_{Watergate}*'로 알려진 대형 스캔들을 폭로하는 데 주도적인 역할을 했다. 닉슨 대통령 행정부의 관리들이 연루되었다는 사실이 명백해지면서 사건의 내막에 전 국민의 이목이 집중되었다. 1974년 8월에 닉슨이 사임하게 될 무렵, 이 사건을 취재한 결과로 〈워싱턴 포스트〉의 발행부수는 크게 증가했다.

망해가는 보험회사 게이코를 살려내다

버핏은 1976년에 또 다른 절호의 기회를 포착했다. 보험회사 게이코가 파산 위기에 직면하게 된 것이다. 1975년에 이

---

* 1972년 6월 닉슨 대통령의 측근이 닉슨의 재선을 위해 꾸민 일로. 워싱턴의 워터게이트 빌딩에 있는 민주당 본부에 침입하여 도청 장치를 하려 했던 미국 역사상 최대의 정치 스캔들.

회사는 1억 2,600만 달러의 적자를 보고했고, 이것은 대대적인 주식 급락 사태를 만들어냈다. 그런데 버핏은 이미 그 전에 자신의 게이코 주식을 팔아 상당한 이익을 남겼다. 버핏의 뛰어난 통찰력이 빚어낸 결과였다.

게이코가 위기상황으로 내몰린 원인은 사고위험이 높은 운전자들과 보험계약을 맺기 시작하여 보상 비용이 증가한 것에 비해, 각 주정부들은 보험료 인상을 억제하려 했기 때문이었다. 적자를 막기 위해 게이코의 신임 사장인 존 J. 번은 직원 수천 명을 해고하고 일부 주에서 영업을 중단했으며 보험계약을 취소했다. 그럼에도 회사의 전망은 밝지 않다는 것이 대다수 관찰자들의 결론이었다.

버핏은 게이코가 더 어려워지기 직전에 주식을 팔아 이익을 챙긴 자신과 달리 스승인 그레이엄이 여전히 게이코에 상당한 지분을 갖고 있다는 사실을 알고 있었다. 그리고 버핏은 보험대리점을 이용하지 않고 소비자에게 직접 보험증권을 파는 게이코의 영업 방식이 옳다는 생각을 여전히 버리지 않고 있었다.

'지금은 파산의 위기에 처해 있지만 기초는 탄탄한 회사야. 내가 이 회사를 한번 살려볼까?'

그는 게이코에 대한 투자 여부를 결정하기 위해 가장 먼저 사장인 존의 경영자적 자질을 알아보기로 했다. 만약 존이 버핏의 마음을 얻지 못했다면 게이코는 회사 문을 닫았을 것이다. 그러나 다행히 존은 버핏에게 적극적이고 추진력 있는 CEO라는 인상을 풍겼다.

게이코가 다시 살아날 수 있도록 투자를 해야겠다고 결심한 버핏은 가치가 떨어진 게이코의 주식에 400만 달러를 투자했고 투자회사 '살로먼 브라더스'를 설득하여 추가로 7,500만 달러 상당의 주식 판매를 보장받음으로써, 게이코를 위한 자본을 모을 수 있었다. 그리고 그 자본금으로 게이코는 빚을 갚고 다시 고객을 끌어들이기 시작했다.

살로먼 브라더스가 끌어 모은 게이코 주식 구매자 중 최대 규모의 구매자 중 하나는 바로 버핏의 회사 버크셔 해서웨이였다. 게이코에 대한 버크셔 해서웨이의 지분은 순식간에 400만 달러에서 2,300만 달러로 뛰어올라 버핏은 게이코의 주요 주주가 되었다. 버핏은 게이코에 경쟁력을 키울 수 있는 시간을 주었고, 마침내 게이코의 매출이 예전 수준으로 회복했을 때, 버핏은 당연히 전보다 더 부자가 되어 있었다.

패배인가 싶었지만 결국은 승리를 거머쥐고

워싱턴 포스트는 물론 신문사 체인을 소유한 기업인 '나이트 리더'에도 투자한 버핏은 현금을 주고 신문사를 직접 매입하는 문제를 검토했다. 그는 몇 가지 기준을 정해놓았다.

첫째, 신문사는 큰 도시에 있어야 하거나 최소한 도시와 근교 지역을 포함하는 큰 시장을 형성해야 했다. 둘째, 발행 부수와 광고 수입 면에서 경쟁사들을 앞질러야 하며, 셋째, 고객이 신뢰하는 브랜드명을 갖고 있어야 한다. 버핏의 판단에 이런 조건을 충족하는 신문은 〈버펄로 이브닝 뉴스〉였나.

버펄로는 뉴욕 주의 이리 호Lake Erie 동쪽 끝에 위치한 다양한 특성을 지닌 큰 노시다. 1970년대 말, 노동자 계급이 도시 인구의 상당 부분을 차지했는데, 많은 근로자들은 교대근무가 끝날 때 볼 수 있는 저녁신문을 선호하여 〈버펄로 이브닝 뉴스〉의 구독률이 높았다. 〈버펄로 이브닝 뉴스〉의 경쟁 신문인 〈쿠리어-익스프레스〉는 아침에 발행되었다. 〈쿠리어-익스프레스〉의 독자 수는 〈버펄로 이브닝 뉴스〉의 절반 정도밖에 안 되었다.

〈버펄로 이브닝 뉴스〉는 노조에 가입한 근로자와 최첨단

인쇄설비를 갖춘 가족 소유의 기업이었다. 그런데 회장이 사망하자 그 가족은 신문사를 매각하기로 결정했다.

버핏은 워싱턴 포스트 사의 CEO인 캐서린에게 〈버펄로 이브닝 뉴스〉를 인수하도록 설득했지만, 〈버펄로 이브닝 뉴스〉의 드센 노조의 제지를 받았다. 캐서린이 〈버펄로 이브닝 뉴스〉를 인수하는 데 걸리는 점은 그뿐만이 아니었다. 〈버펄로 이브닝 뉴스〉는 일요판을 발행하지 않았으며, 그 틈을 〈쿠리어-익스프레스〉가 메우고 있었다. 즉 〈쿠리어-익스프레스〉는 일요판 발행과 광고로 주중의 열세를 극복하고 있었던 것이다.

'버펄로에서 신문시장을 지배할 수 있는 유일한 방법은 〈버펄로 이브닝 뉴스〉의 일요판을 찍어내는 거야.'

버핏은 이렇게 생각했다. 그리고 여느 사업을 추진할 때처럼 자신의 생각이 실현 가능하다는 것을 보여주었다. 그는 우선 블루칩 스탬스에서 들어오는 자금으로 1977년 초에 3,250만 달러를 들여 〈버펄로 이브닝 뉴스〉를 인수했다. 그리고 그해 봄에 신문사 경영진에게 신문 발행을 일주일에 7일로 확장하고 싶다는 의중을 보이기 시작했다.

버핏은 오마하와 버펄로를 오가며 새 회사가 일요판 신문을 계획하고 준비하는 일을 도왔다. 드디어 11월, 〈버펄로 이브닝 뉴스〉 일요판 신문이 발간 준비를 마쳤다.

광고주들은 물론 버펄로 시민들도 만약 〈쿠리어-익스프레스〉와 〈버펄로 이브닝 뉴스〉가 둘 다 일요일에 발행될 경우 두 신문사가 모두 살아남을 수 없다는 것을 알고 있었다. 두 신문을 다 사 볼 수는 없기 때문이었다. 그 와중에 일부 상인들은 〈쿠리어-익스프레서〉와의 그동안의 거래를 생각해 〈버펄로 이브닝 뉴스〉 일요판에 광고를 내지 않겠다는 약속을 하기도 했다.

그런데 〈버펄로 이브닝 뉴스〉의 일요판 발간을 겨우 몇 주 남겨놓고 〈쿠리어-익스프레스〉 측의 변호사들이 〈버펄로 이브닝 뉴스〉를 상대로 소송을 걸었다. 〈쿠리어-익스프레스〉 측에서 버핏의 신문이 5주간의 판촉 기간 중에 일요판을 무료로 배급할 계획이라는 사실을 알게 되었던 것이다.

그들은 이런 행동이 〈버펄로 이브닝 뉴스〉가 경쟁 신문사 독자들에게 신문을 바꾸라고 부추기는 의도라고밖에 비춰지지 않는다고 단언했다. 또 그들은 〈버펄로 이브닝 뉴스〉가 일요판을 내게 되면 〈쿠리어-익스프레스〉는 결국 파산하게 될 거라고 주장했다. 이렇게 되면 버펄로에는 신문이 하나밖에 안 남게 되며, 이런 독점구조는 '셔먼독점금지법'으로 알려진 1890년에 제정된 연방법을 위반하는 것이라는 게 그들의 논리였다.

버핏은 여론의 법정에서 〈쿠리어-익스프레스〉와 특별한 싸움을 해야 했다. 이 신문은 소송과 관련된 사설과 긴 기사를 실었다. 기자들은 버핏이 버펄로와는 특별한 인연이 없는 반면, 〈쿠리어-익스프레스〉는 수십 년 동안 버펄로의 한 집안이 소유해왔음을 강조했다.

연방법정에서 〈쿠리어-익스프레스〉 소송 관련 심리가 열렸을 때, 버핏은 일요판 발간 결정을 옹호하는 논리를 폈다.

"나는 〈쿠리어-익스프레스〉를 파산시키려는 어떤 의도도 갖고 있지 않습니다. 내가 〈버펄로 이브닝 뉴스〉를 매입한 것은 한 기업으로서 그 회사의 수익성을 따져본 뒤 내린 결정입니다. 따라서 내게는 회사의 이익을 더욱 높일 권리와 의무가 있습니다. 또한 신문의 독자들은 대체로 익숙한 것을 선호하기 때문에 〈쿠리어-익스프레스〉가 일요판 경쟁에서 밀려나지는 않을 거라 믿습니다."

버핏의 변론에도 불구하고 공판 재판관은 〈쿠리어-익스프레스〉의 손을 들어주었다. 판사는 〈버펄로 이브닝 뉴스〉의 일요판 발간 권리를 부인하지는 많았지만 유통, 광고 유도, 잠재적 독자를 상대로 한 판촉 활동에 제한을 가하는 규제조치가 포함된 판결을 내렸다. 이 판결로 일주일에 6부 가격으로 7부를 공급한다는, 즉 일요판을 무료로 배급하려던 〈버펄로 이브닝 뉴스〉의 계획은 물거품이 되었다. 구독자들은 제값을 주고 신문을 구독해야 했다.

게다가 버펄로의 노동자 계급 독자들은 〈쿠리어-익스프레스〉의 일요판 독자수가 줄어들 경우 일자리를 잃게 될 그쪽 신문사의 직원들과 관계를 맺었다. 이에 따라 당연히 〈버펄로 이브닝 뉴스〉의 일요판 판매실적은 매우 부진해졌다. 심지어 평일 판매에서도 손해를 보기 시작했다.

그럼에도 불구하고 버핏은 계속 〈버펄로 이브닝 뉴스〉에 상당한 돈을 투자했다. 인내와 장기투자라는 원칙에 따라 그는 자신이 신뢰하는 경영자를 고용하고 〈버펄로 이브닝 뉴스〉 직원들에게 최고 수준의 저널리즘을 추구하라고 독려했다. 점점 두 신문 사이의 경쟁이 격화되었다.

그러던 차에 1979년 고등법원은 〈버펄로 이브닝 뉴스〉에게 불리한 판결을 뒤집었다. 미국 연방 고등법원의 판사들이 경쟁사를 파산시킬 목적으로 〈버펄로 이브닝 뉴스〉를 매입한 것은 아니라는 버핏의 주장을 받아들인 것이다. 〈버펄로 이브닝 뉴스〉는 이제 일요판 신문을 가지고 무엇이든 원하는 대로 할 수 있었다.

그러나 피해도 적지 않았다. 일요판 〈버펄로 이브닝 뉴스〉의 판매부수가 경쟁사의 판매부수에 비해 한참 못 미쳤다. 또한 두 신문 모두 버펄로의 어려운 경제 여건 때문에 평일 발행부수와 광고량이 줄었다. 버핏은 수익성이 있다고 판단되어 신문사를 사들였지만, 그것은 매년 수백만 달러의 적자를 내는 애물단지가 되어버렸다. 처음으로 버핏의 선택이 큰 실패로 돌아오는 것처럼 보였다.

그러던 중 강력한 노조인 '전미트럭운전사조합'이 1980년, 〈버펄로 이브닝 뉴스〉에 파업을 선언했을 때, 〈버펄로 이브닝 뉴스〉의 끝이 보이는 듯했다. 하지만 버핏은 단호한 태도로 회사 측 협상자들에게 이렇게 말했다.

"만약 파업이 발생할 경우 회사는 문을 닫게 될 것임을 모든 직원들에게 알리세요."

버핏은 빈말을 하는 사람이 아니었다. 회사 측의 확고한 생각을 알게 된 트럭운전사조합은 결국 타협안을 받아들였고, 신문사는 느린 속도이지만 다시 정상화되기 시작했다.

그러던 중 미네소타 주의 미니애폴리스에 본부를 둔 한 대형 신문사 체인이 〈쿠리어-익스프레스〉를 매입하게 되었다. 이제 〈쿠리어-익스프레스〉는 더 이상 그들이 지역 소유의 기업이라고 주장할 수 없었다. 이는 〈버펄로 이브닝 뉴스〉에 좋은 기회가 되었다.

버핏의 〈버펄로 이브닝 뉴스〉 일요판은 서서히 발행부수가 증가했고, 1982년에 〈쿠리어-익스프레스〉는 폐간되었다. 버핏은 그해에 〈버펄로 이브닝 뉴스〉에서 〈버펄로 뉴스〉로 이름을 바꾸고 아침신문을 찍어내기 시작했다. 패배할 것만 같던 싸움에서 승리한 버핏은 이 신문이 새롭게 벌어들이는 수익이 주는 재미를 만끽할 수 있었다.

혼자만의 몰입이
삶의 균형을 깨트리다

　　1980년 8월 30일은 버핏의 50번째 생일이었다. 그는 아내 수잔과 함께 뉴욕의 메트로폴리탄 클럽에서 멋진 슈트를 갖춰 입고 50번째 생일을 기념하는 행사를 했다. 화려했던 그 행사는 이제 그가 상류사회와 그 문화에 많이 익숙해졌음을 보여주었다.

　　그러나 그동안의 검소한 생활방식을 버리고 마침내 부자들의 화려하고 과시적인 생활방식을 모두 수용하고 있다는 뜻은 아니었다. 〈포브스〉지는 버핏을 세계 최고 부자들의 목록 중에서도 가장 윗자리에 올려놓았지만, 버핏은 여전히 검

•• 1980년, 쉰 살의 워런 버핏. 버핏은 세계 최고의 부자 반열에 선 후에도 여전히 검소한 생활을 이어갔다.

소한 생활에 익숙했다.

10년도 안 되는 기간 동안 버핏은 버크셔 해서웨이 주식의 가치를 주당 43달러에서 375달러로 올려놓았다. 하지만 그가 받아가는 연봉은 겨우 5만 달러였다. 버핏의 투자 인생은 물 흐르듯이 자연스럽고 순탄하게 흘러갔지만 그 밖의 인생에는 경고등이 켜지기 시작했다.

중년에 접어들면서 아내 수잔과의 관계의 끈은 눈에 띄게 약해지고 있었다. 완전히 끊어지지는 않았지만 분명 위기였다. 수잔은 오랜 시간 버핏이 삶을 꾸려가는 방식에 잘 적응했고 잘 따라주었다. 그러나 어느 날 그녀는 그런 자신의 인생에 회의감이 밀려드는 걸 느꼈다. 세상이 다 아는 부자라고하지만 그것은 자신의 것이 아니라는 생각을 했다. 그건 버핏의 인생일 뿐 수잔의 인생은 아니라는 자의식이 몰려왔다. 어느 날 수잔은 남편 버핏에게 외쳤다.

"여보, 인생에는 돈 버는 일보다 더 소중한 게 많아요."

하지만 이 말에 버핏은 시큰둥했다. 버핏은 그때 수잔의 내면에서 일어나고 있는 엄청난 변화를 전혀 눈치채지 못했다.

얼마 후 막내인 피터가 고등학교에 진학하고 나자 수잔은 폭탄선언을 했다.

"여보, 집을 떠나겠어요. 난 노래를 하고 싶어요. 내 어릴 때 꿈이 가수였다는 것은 당신도 잘 알 거예요. 이렇게 살다가 죽기엔 짧은 내 인생이 너무 아까워요. 날 말리지 마세요."

수잔의 말을 들은 버핏은 기가 막혔다. 그러나 곧 자신이 어떻게 해볼 수 있는 상황이 아니라는 것을 파악하고서는 협상선을 제시했다.

"여보, 노래를 부르는 것은 좋지만 나와 아이들을 위해 집은 떠나지 말아줘요."

수잔은 일단 버핏의 말을 듣기로 했다. 그때부터 수잔은 가수가 되는 훈련을 시작했다. 조카인 빌리 로저스가 기타로 반주 테이프를 만들어주었고 그 반주에 맞춰 노래를 부른 다음 자신이 부른 노래를 반복해 다시 들으며 잘못된 점을 교정하는 훈련을 했다.

조카 빌리는 오마하에 있는 '프렌치 카페'라는 클럽에서 재즈기타를 연주하고 있었는데, 수잔은 1차 훈련이 끝난 어느 날부터 조카와 함께 그 클럽에서 노래를 부르기 시작했다. 그리고 곧 가수로서 그 지역에 얼굴을 알리게 되었다. 오랜 시간 버핏의 삶에만 속해 있던 인생에서 뚜벅뚜벅 걸어 나오기 시작한 것이다.

아내 수잔 버핏의 독립선언

결국 1977년, 수잔은 오랜 시간 남편 버핏과 가정을 꾸리고 살아오던 오마하의 집을 떠나기로 결심했다. 그리고 곧 샌프란시스코에 있는 한 아파트로 짐을 옮겼다.

"당신에 대한 불만 때문에 집을 떠나는 게 아니에요. 난 좀 더 근사한 클럽의 가수가 되고 싶을 뿐이에요. 너무나 오랜만에 찾은 내 꿈이 난 너무 소중해요. 그래서 내 꿈에 더 빨리 더 가까이 다가가고 싶어요. 시간은 날 마냥 기다려주지 않잖아요."

하지만 수잔은 집을 떠나면서도 버핏에게 이혼을 요구하진 않았다. 수잔이 진정으로 원하는 것은 버핏과의 관계를 정리하는 게 아니라 자신의 삶을 바꾸는 것이기 때문이었다.

수잔의 부재를 감당하기 힘들었던 버핏은 누나 도리스를 만나 이렇게 말했다.

"돌이켜보면 아내 수지는 지난 25년 동안 나에게 정원의 햇빛과 비 같은 존재였어요."

수잔이 떠난 이후 버핏은 심하게 외로움을 느꼈다. 곁에 있을 때는 미처 소중함을 깨닫지 못하던 수잔의 존재감이 확인될 때마다 외로움이 커졌다. 어느 날 결국 버핏은 수잔에게 전화를 걸어 너무 외롭고 허전해서 견딜 수가 없다며 돌아와 달라고 호소했다.

수잔은 고민할 수밖에 없었다. 진심 어린 버핏의 호소를 모른척 할만큼 그를 미워하는 게 아니었기 때문이다. 고민 끝에 수잔은 아주 놀라운 결심을 하게 되었다. 수잔은 자신의 친구 에스트리드 멩크스를 떠올렸다.

'그래, 멩크스라면 버핏의 외로움을 달래줄 좋은 친구가 되어줄 거야.'

오마하의 클럽에서 노래하는 동안 수잔은 멩크스라는 라트비아 출신의 칵테일 웨이트리스를 알게 되었고 그녀와 나이를 뛰어넘어 아주 가까운 친구가 되었다. 수잔은 그 친구를 남편 버핏과 사귀도록 해주어 버핏이 외로움을 달랠 수 있도록 해야겠다는 결심을 한 것이었다.

샌프란시스코에 있던 수잔은 작정을 하고 오마하에 들렀다. 그리고 남편 버핏에게 자신의 친구인 서른한 살의 멩크스를 소개해주었고 그들의 데이트까지 주선했다. 버핏과 가까워진 멩크스는 1978년에 파르남 가에 있는 버핏의 집으로 이사했다. 수잔이 바라던 대로 그들이 함께 지내기 시작한 것이다.

그것은 결코 평범한 방법이 아니었지만, 그들에겐 세 사람 모두가 행복을 놓치지 않게 하는 용감한 선택이었다. 수잔은 여전히 멩크스와 친구관계를 유지했으며, 버핏은 수잔과는 별거 중이었지만 휴가를 그녀와 함께 보내기도 했다. 수잔 역시 버핏의 중요한 출장이나 공식행사에는 남편과 동행했다. 뉴욕 메트로폴리탄 클럽에서 열린 버핏의 50세 생일파티에도 함께 참석했다.

멩크스는 버핏에게 큰 위로가 되는 좋은 친구가 되어주었다. 버핏은 멩크스를 만난 이후 다시 마음의 평정을 되찾았다. 사람들은 이들의 관계를 쉽게 이해하지 못했지만, 그 세 사람은 서로에 대한 끈끈한 애정과 신뢰가 있었다. 심지어 버핏과 수잔과 멩크스는 세 사람 모두의 서명이 들어간 크리스마스 카드를 만들어 지인들에게 보내기도 했다.

다른 사람들의 시선은 신경 쓰지 않고 온전히 자신들이 행복할 수 있는 방법을 찾아낸 수잔은 정말 멋진 여자였다. 또한 버핏에게 멩크스의 존재는 안정제와 같았다. 심하게 흔들리던 버핏의 삶은 그녀로 인해 다시 균형을 되찾게 되었다.

'오마하의 현인'이라는
별명을 얻다

　1980년대 초에 주식 분석가와 눈치 빠른 투자자들은 버크 서 해서웨이가 단순한 섬유제조사가 아니라는 사실을 알아챘 다. 버크셔 해서웨이는 지주회사였다. 말하자면 다른 기업에 대한 지배지분을 갖고 있거나 그것을 완전히 소유하고 있는 회사라는 뜻이다.

　버크셔 해서웨이는 신문 발행업에서 캔디 제조와 자동차 보험에 이르기까지 다양한 사업에 지분을 갖고 있었다. 이런 제각각의 다양한 구성을 하나로 묶어준 것은 이 회사들이 장 기적으로 지속적인 이익을 만들어낼 수 있으리라는 버핏의 믿음이었다.

다른 투자자가 못 보고 지나치는 유망기업을 알아보는 능력을 지닌 버핏은 '오마하의 현인'이라는 별명을 얻게 되었다. 월 스트리트에서 그가 지닌 명성은 그 위력이 차츰 대단해져 갔다. 버크셔 해서웨이가 투자하고 있는 기업이 알려지면 그 회사의 주가가 단 하루만에 10퍼센트나 오를 정도였다.

월 스트리트 사정에 밝은 사람들은 버핏의 일거수일투족을 집중하여 살폈다. 아마추어 투자자들은 버핏이 금융 관련 간행물에 기고하기 시작한 짤막한 분석 칼럼을 통해 그에 대해 알게 되었다. 투자자들 중에는 심지어 버핏이 준비한 버크셔 해서웨이의 연례보고서를 받아볼 수 있다는 이유만으로 이 회사의 주식 몇 주를 사는 사람들도 있었다.

버크셔 해서웨이의 연례보고서는 특별했다. 거기에는 다른 큰 기업들이 그들의 주주에게 보내는 보고서에서 볼 수 있는 시선을 끄는 그림이나 번쩍번쩍한 홍보성 사진들이 없었다. 오히려 단순한 형식으로 구성되어 있고 군데군데 숫자가 적힌 도표가 그려져 있었다. 매년 수천 개 회사의 연례보고서를 살펴봤던 버크셔 해서웨이의 회장 버핏은 자신의 연례보고서를 매우 실용적으로 만들었다.

버핏의 연례보고서에는 없어서는 안 될 재무제표, 경영 활동에 대한 정보, 주식의 성적에 대한 자세한 내용 외에도 버핏의 소박한 유머가 잘 어우러져 있었다. 또한 버핏과 1983년 블루칩 스탬스가 버크셔 해서웨이로 흡수된 후에 버크셔 해서웨이의 부회장을 맡게 된 멍거의 경영 철학을 소개하고, 이 철학이 버크셔 해서웨이에 어떻게 적용되는지도 자세히 기록했다.

버핏의 경영 철학을 구성하는 기둥 중 가장 중요한 하나는 '위대한 기업은 단지 돈을 버는 데 혈안이 되어 있기보다는 자기 일에 진정으로 열정을 느끼는 경영자로부터 시작된다'는 믿음이다. 버핏은 오래전부터 이 점을 특별히 중요하게 생각해왔다. 그래서 비크셔 해서웨이가 매입하는 기업들의 CEO를 바꾸지 않고 그대로 두는 경우가 많았다. 그들이 회사 경영 방식에 대해 자신보다 훨씬 잘 알고 있다고 믿었기 때문이다.

'부의 비밀'이 존재하는 곳

1983년 '오마하의 현인'은 한 기업의 주식 90퍼센트를 매입했다. 그 회사 CEO가 버핏의 '테스트'에 당당히 합격했기 때문이다.

1917년, 러시아에서 이주한 89세의 로즈 블럼킨은 55년 동안 오마하에서 가구를 팔아왔다. 블럼킨은 학교 문턱에도 못 가봤지만, 자신의 가구회사 '네브래스카 퍼니처 마트'를 지하실 창고의 작은 가게로 시작해 네브래스카 주에서 가장 성공한 가구 및 카펫 소매점으로 성장시켰다.

그녀는 경영 능력을 위대한 근로 윤리와 결합시켰으며, 자신의 제품을 아주 싼 값에 판매했고 하루도 쉬지 않고 일했다. 노년기에 아들과 손자들에게 일을 맡긴 후에는 카펫 부서를 자신의 영역으로 삼았다. 휠체어에 의지해서 몸을 움직여야 할 상황이 된 후에도 그녀는 늘 직접 나서서 고객에게 봉사했다.

버핏은 수십 년간 사업체를 꾸려온 블럼킨의 궤적을 추적했고 자기 영역에서 두각을 나타낸 세계적인 CEO들만큼이나 그녀를 훌륭하게 평가했다. 버핏은 1983년 주주들에게 보낸 연례 서신에서 이렇게 말했다.

"저는 블럼킨과 그녀의 자손들과 싸우기보다는 차라리 사나운 회색곰과 싸우는 편을 택할 것입니다. 그들은 경쟁사들은 꿈도 못 꿀 비용지급비율*로 사업체를 운영하며, 여기서 절감된 부분의 상당한 몫을 고객에게 돌립니다. 그들의 조직은 고객에게 탁월한 가치를 제공한다는 철학에 기초한 이상적인 기업입니다. 그리고 이런 철학은 회사의 주인들에게 특별한 경제적 성과로 전환되어 나타납니다."

버핏이 네브래스카 퍼니처 마트를 위해 사용한 6,000만 달러는 그 당시 버크셔 해서웨이가 투입한 최대 규모의 단일 매입 금액이었다. 그럼에도 버핏은 자신이 유리한 거래를 하고 있으며, 단지 성장 중인 가구매장 이상의 것을 샀다고 믿었다. 버핏이 구매한 것에는 블럼킨과 그녀의 아들 및 손자들로 구성된 열정적인 경영자들도 포함되어 있다고 생각했기 때문이었다.

이 거래로 네브래스카 퍼니처 마트 소유자 블럼킨은 다른

---

* 자산 중에서 매년의 영업비와 관리비로 지불하는 데 필요한 부분의 비율. 예를 들어 순자산 100원 중 5원을 1년간의 영업 및 관리비로 정하면 비용지급비율은 5퍼센트가 된다.

사업을 추진하려는 가족들에게 돈을 나누어줄 수 있었다. 버핏이 그녀를 회사의 대표로 계속 활동하게 하지 않았다면 블럼킨은 절대 자기 회사를 팔지 않았을 것이다.

버핏은 자신이 투자한 주요 기업의 최고 간부들을 블럼킨의 매장으로 데려가 그들에게 그곳이 얼마나 잘 운영되고 그에 따라 어떻게 수익이 상승하는지를 보여주곤 했다.

1985년, 네브래스카 퍼니처 마트가 성장하는 동안 매사추세츠의 뉴베드퍼드에 남아 있던 마지막 버크셔 해서웨이 공장이 드디어 문을 닫았다. 버핏은 그 공장을 다른 섬유 생산 업체에게 팔지 않았다. 구매자를 찾을 수 없었기 때문이다. 대신에 그는 회사를 해체하는 쪽을 택하여 400명의 숙련된 근로자들을 내보냈다.

추가 퇴직수당을 원하는 근로자들에게 버핏은 그들에게 한 달 임금을 추가로 지급하고 직업 재교육의 기회도 제공했다. 그럼에도 대다수 직원들은 공장에서 일할 때만큼 많은 임금을 주는 일자리를 찾을 수 없었다.

결국 공장 근로자들은 버핏의 공장폐쇄 결정을 원망했다. 그들은 그동안 일자리를 잃지 않기 위해 임금동결 등 여러 면에서 희생해왔지만 결국 1980년대 침체된 미국 경제의 현실을 피할 수는 없었다. 미국 내 제조업체들은 이미 해외 섬유 생산업체들과 경쟁할 능력을 상실해버린 상태였다. 해외 생산자들은 그 직원들에게 미국 근로자들이 받는 임금과는 비교도 안 될 정도로 적은 금액을 지불했다. 이런 딜레마에 처한 것은 버크셔 해서웨이만이 아니었다. 1980년과 1985년 사이에 250곳 이상의 미국 섬유공장이 문을 닫았다.

주주들에게 보낸 1985년의 연례 서신에서 버핏은 자신의 공장폐쇄 결정에 대해 유감을 표시하지 않았다. 그는 근로자들의 협조에 감사해하면서도 이미 10년 전에 공장을 폐쇄했어야 했다고 했다.

만약 버핏이 그의 말대로 10년 전에 공장을 폐쇄했다면, 그는 공장 직원들에게서 10년 치의 임금과 급부금(주로 국가나 공공 단체에서 내어 주는 돈—옮긴이)을 빼앗는 셈이 되었을 것이다. 결과적으로 버핏은 자신이 공장 직원들에게 10년 치 임금과 급부금을 더 주고 있었다고 말하고 싶은 것이었다.

또 버핏은 공장의 자금과 이익을 섬유사업 내의 기계 개량이나 임금 인상에 투입하기보다는 다른 사업, 특히 보험에 투자하기로 한 자신의 결정에 대해 다음과 같은 비유를 들어 이해시키려 했다.

"만성적으로 배에 물이 새고 있다면, 뚫린 곳을 땜질하는 것보다는 배 자체를 바꾸는 데 에너지를 모으는 것이 더 현명하고 효율적이지 않습니까? 그것과 똑같은 이치입니다."

버핏이 발견한 '부의 비밀'은 감정이나 취향이 지배하는 곳에 있지 않았다. 까칠하고 차갑게 느껴질 만큼 냉철한 이성이 지배하는 곳에 숨겨져 있었다.

8장

진정한
세계 최고의
'부자'가 되다

〈포브스〉 선정
세계 최고 부자가 되다

　〈포브스〉지는 처음으로 1985년, 쉰다섯 살이 된 워런 버핏
의 이름을 미국의 억만장자 목록에 올렸다. 그 목록에 이름이
오르자 버핏의 명성은 금융의 세계를 뛰어넘어 더 넓은 범위
로 확대되었다.

　유력한 언론들은 버핏의 인생에 관해 궁금해했고 앞다투
어 특별 취재를 준비했다. 하지만 버핏은 자신의 개인생활이
언론에 노출되는 것을 꺼려했다. 그는 언론을 통해 하고 싶은
이야기가 따로 있었다. 자신의 투자 철학에 관한 것이었다.

　컬럼비아 대학에서 가치투자의 거장 벤저민 그레이엄에게

•• 1985년 미국 억만장자 목록에 처음으로
워런 버핏의 이름을 올렸던 〈포브스〉지가
2008년, 워런 버핏이 빌 게이츠를 제치고
세계 부자 1위 자리를 차지했다고 보도했다.

배운 것을 토대로 오랜 세월 시장의 한복판에서 투자 세계의
모든 움직임을 자세히 관찰하며 깨달은 원리들이 이제는 세
련되게 다듬어졌다. 특히 그는 젊은 투자가나 미래의 투자가
를 꿈꾸는 젊은이들에게 이러한 자신의 철학을 들려주고 싶
어 했다. 그래서 이러한 방향의 칼럼을 원하는 요청에 언제든
지 응했고, 강연이나 인터뷰도 거절하지 않았다.

버크셔 해서웨이의 포트폴리오는 다른 회사의 포트폴리오
에 비해 구태의연해 보이기는 했지만, 전반적인 주식시장 상
황과는 상관없이 계속 매년 두 자리의 수익율을 내는 놀라운

성적을 기록하고 있었다. 버크셔 해서웨이 주식의 주당 가치
는 1982년과 1985년 그리고 1989년, 이렇게 1980년대에 세
차례 증가세를 이루었다.

이러한 놀라운 실적을 올리면서도 버핏은 늘 그의 투자자
들에게 이런 종류의 성공은 계속될 수 없다고 경고했다.

"아시다시피 우리의 자본금은 점점 불어나고 있습니다.
따라서 지금까지처럼 연간 20퍼센트 이상의 이익을 올릴 수
있는 거래는 점점 찾기 어려워질 것입니다. 여러분들이 정확
하고 냉정하게 인지하셔야 할 대목입니다. 투자 세계에 있어
환상을 갖는 것은 파멸로 가는 길에 발을 들이는 것입니다."

꼼꼼하고 완벽주의적인 성격의 버핏은 말은 그렇게 했지
만, 결코 도전을 피하진 않았다. 찰리 멍거를 비롯한 최고 수
준의 경영자들과 머리를 맞대면서 그는 계속 버크셔 해서웨
이의 주식가치를 높일 수 있는 방법을 찾아나갔다.

'콜라 사랑'이 콜라 주식에 대한 애정으로

버핏은 어릴 때부터 콜라를 매우 좋아했다. 또한 콜라를

팔아 돈을 벌기도 했다. 어른이 된 이후에도 그의 '콜라 사랑'은 계속되었다.

정장 차림의 진지하고 엄숙한 자리에서든, 지인들과의 유쾌한 모임에서든 버핏은 항상 술보다는 콜라를 선택했다. 오랫동안 그가 애용한 음료는 펩시였다. 1960년대 초에 그는 스스로 펩시에다 체리 맛이 나는 시럽을 넣어서 마시기 시작했다. 그리고 한참 뒤에 콜라에 체리 시럽을 넣어 뒤섞고 흔들 필요가 없는 제품이 나왔다.

1985년, '코카콜라' 사에서 신제품 '체리콜라'를 내놓은 것이다. 그 전에 코카콜라의 임원을 통해 이 사실을 미리 귀띔받았던 버핏은 그 음료를 직접 마음껏 시음해보았다. 그리고 그 맛에 매우 만족했다.

이후 버핏은 다년간 코카콜라를 주목해왔다. 그는 그 회사의 현황을 평가하기 위해 가장 기본적인 방법을 이용했다. 그 것은 바로 연례보고서였다. 코카콜라에는 버핏이 좋아하는 특성이 있었다. 그것은 바로 1986년에 탄생 100주년을 맞이한 코카콜라가 미국뿐 아니라 전 세계적으로 잘 알려진 브랜드라는 점과 고객 충성도가 높은 브랜드라는 점이었다.

1980년대 초에 코카콜라가 전통적인 콜라보다 맛이 더 좋을 것으로 기대되는 '새로운 콜라'를 만들어냈다고 발표했을 때, 코카콜라에 대한 고객의 충성도가 어느 정도인지 증명되었다.

미국인들은 예전 콜라를 사들여 비축했고 회사 측에 원래 콜라 맛을 회복시켜줄 것을 요구했다. 회사는 결국 고객의 요청에 따라 이전 맛으로 제품을 만들었다. 또한 코카콜라의 다른 브랜드들, 특히 '닥터 페퍼', '다이어트 코크', '스프라이트'도 뛰어난 판매 실적을 올리고 있었다. 이런 사실을 바탕으로 버핏은 코카콜라의 주가를 주시하였다.

'아무리 매력적인 회사라지만 이 회사의 수식은 너무 비싼 값에 거래되고 있군.'

버핏은 그 이유가 1980년대 주식시장의 강세 탓이라고 분석했고 다른 문제점도 발견했다. 그것은 바로 코카콜라가 탄산음료와는 아무 상관도 없는 여러 기업에 투자했다는 사실이었다. 여기에는 영화제작사인 '컬럼비아 영화' 사도 포함되어 있었다.

'이런 식으로 투자하는 것보다 그들의 주력 제품인 콜라에 집중하고 시장 점유율을 더욱 높이는 데 힘쓰는 게 나을 텐데……. 그리고 왜 해외시장에서 적극적으로 움직이지 않

는 걸까?'

버핏은 콜라가 중국과 인도 같은 인구가 많은 국가에서 큰 인기를 얻을 수 있으리라 생각했다. 하지만 코카콜라 측은 해외시장에서 좀 더 적극적으로 움직일 기미를 보이지 않았다. 이러한 이유들 때문에 버핏은 코카콜라를 다년간 주시하면서도 쉽게 주식을 매입하지 않았다.

'숨은 보석'을 찾을 수 있는 기회가 왔어

한동안 뜨겁던 주식시장이 1987년부터 급락하기 시작했다. 투자자들은 이것을 '조정국면'이라 불렀다. 버핏의 버크셔 해서웨이도 타격을 받아 주당 1,000달러가 넘게 떨어졌다. 비록 버핏은 그해에 3억 4,200만 달러를 잃었지만, 게이코와 현재 미국 최대의 가구점인 네브래스카 퍼니처 마트와 같은 기업에서 얻는 수익으로 더 큰 손해를 피할 수 있었다.

다른 투자자들은 하락세가 계속되는 주식시장을 두려운 마음으로 지켜보았지만, 버핏은 이 속에서도 기회를 보았다. 약세시장은 '숨은 보석'을 찾아 매입할 수 있는 절호의 기회를 제공한다고 믿었기 때문이다.

버핏은 자기 이름을 숨긴 채 상당량의 코카콜라 주식을 사들이기 시작했다. 코카콜라는 주가 폭락으로 4분의 1의 가치가 떨어진 상태였지만, 버핏은 코카콜라의 CEO인 로버토 고이주에타와 도널드 키오 사장을 높이 평가했다.

고이주에타와 키오는 버핏의 생각처럼 코카콜라 주식을 다시 사들이고 음료와 관련 없는 사업에서 손을 떼기 시작했으며, 콜라의 해외 판매에 더 중점을 두었다. 한편 그들은 어떤 사업체가 자사의 주식을 10억 달러 넘게 구입한 것과 그 이상을 매입한 계획이리는 사실을 알아내고는 적대적 매수의 가능성을 걱정했다.

키오는 중서부에서 주식 매입 주문이 들어오고 있다는 정보를 입수한 후 코카콜라에 군침을 흘리는 상대가 바로 버크셔 해서웨이라고 정확히 예상했다. 키오는 버핏에게 전화를 걸어 단도직입적으로 물었다.

"왜 버크셔 해서웨이에서 코카콜라의 주식을 그렇게 많이 사들이는 겁니까?"

키오의 질문에 버핏은 이렇게 말했다.

"내가 워낙 체리콜라를 좋아하기 때문입니다."

물론 농담이었다. 버핏이 체리콜라를 좋아하긴 했지만, 그 때문에 코카콜라 주식을 사는 것은 아니었다. 버핏이 코카콜라라는 회사의 여러 가지 면을 살펴보았을 때, 거기서 특히 CEO인 고이주에타와 키오에게서 지속적인 성장 가능성을 보았기 때문이었다.

버핏은 코카콜라 CEO인 도널드에게 이렇게 요청했다.

"버크셔 해서웨이가 코카콜라 주식을 대량 사들이고 있다는 정보가 돌아다니지 않게 해주십시오."

만약 그러한 정보가 돌아다니게 되면 코카콜라 주가가 올라 매입하는 데 지장이 있기 때문이었다.

그 무렵 버핏은 버크셔 해서웨이를 통해 코카콜라 주식 매입에 대략 10억 달러를 투입했는데 2006년쯤에는 그 가치가 약 80억 달러 정도가 되었다. 버핏이 세계 최고의 부자로 등극하는 데 있어 코카콜라 주식의 가치 상승도 한몫을 한 것이다.

어린 시절 콜라를 팔아 남긴 수익에 기뻐하던 꼬마 워런 버핏은 어른이 되어 콜라회사에 큰돈을 투자하여 크게 수익을 내고, 세계 최고 부자 자리에 올라서도 여전히 콜라를 즐겨 마시고 있다.

스물다섯의 나이 차이를
극복한 빌 게이츠와의 우정

　1990년대가 되자 버핏은 기업을 통째로 사들이는 데 더욱 적극적이 되었다. 동시에 다른 투자자들이 IT 산업에 열렬한 관심을 보이는 상황에서도 컴퓨터나 소프트웨어, 또는 인터넷 기반의 닷컴 기업에는 한 푼도 투자하지 않았다.

　전통적인 굴뚝기업을 선호했던 버핏은 카펫, 벽돌, 가구, 공익사업, 보석 등 사람들이 실제 살아가는 데 필요로 하는 제품과 서비스를 생산하고, 열정적인 경영자가 이끄는 알짜 기업을 발굴한다는 자신의 원칙만큼은 세월이 흘러도 변함이 없었다. 월 스트리트 투자자들이 개인용 컴퓨터 산업에 돈을 퍼부어대는 동안 버핏은 주식을 팔고 그 이익을 버크셔 해서 웨이 포트폴리오의 주요 종목, 특히 보험회사에 재투자했다.

버핏은 IT 주식에는 고개를 저었지만, 그 산업의 가장 중심에 서 있던 젊은 새 친구를 두 팔 벌려 환영했다. 바로 '마이크로소프트'의 설립자 빌 게이츠였다.

그들의 첫 만남은 1991년에 게이츠의 어머니가 주최한 파티에서 이루어졌다. 독립기념일이 낀 황금연휴에 워싱턴 포스트의 CEO 캐서린 그레이엄과 논설주간이자 친구였던 메그 그린필드가 버핏에게 연휴를 함께 보내자는 제안을 했다.

"이번에 내가 깜짝 파티를 마련했어요. 베인브리지 아일랜드에 있는 그린필드의 집으로 오세요."

친구들과 즐거운 연휴를 보내고 싶다는 캐서린의 제안을 거절할 수 없었던 버핏은 교통이 불편한 그 섬으로 출발했다. 배나 수상 비행기가 없으면 들어갈 수도 나올 수도 없는 섬이었다.

그리고 게이츠 가족의 별장이 그곳에서 가까운 후드 운하 지역에 있었는데 게이츠의 어머니가 버핏을 포함한 세 사람을 별장으로 초대했다. 그런 다음 아들 게이츠도 불러들였다.

사실 게이츠는 자기보다 스물다섯 살이나 많은 버핏을 만나는 일을 그다지 내켜하지 않았다. 나이 차이도 크게 나고 주식투자밖에 모르는 사람과 만나 무슨 얘기를 해야 할지 생각만 해도 재미없었다. 게이츠는 파티에 꼭 참석하라는 어머니에게 이렇게 말했다.

"그분과 제가 함께 나눌 얘깃거리가 있겠어요? 게다가, 전 아주 바빠요."

하지만 어머니의 계속되는 제안에 게이츠는 결국 헬리콥터를 타고 별장으로 날아갔다. 자신의 생각대로 버핏과의 만남이 영 별로라면 다시 헬리콥터를 타고 빠져나오기 위해서였다.

헬리콥터를 이용한 덕분에 게이츠가 가장 먼저 도착하게 되었다. 별장에 도착한 게이츠는 버핏과 캐서린, 그리고 그린필드가 차에서 차례로 내리는 모습을 보았다.

'와우, 굉장한데. 저 작은 차 안에서 빠져나오는 사람들은 미국은 물론이고 전 세계적으로 유명한 인사들이잖아, 마치 영화를 보는 기분인걸.'

게이츠는 그렇게 생각하며 어머니와 함께 손님을 맞으러 나갔다.

의외의 찰떡궁합

그렇게 모인 사람들은 서로를 소개하며 반갑게 인사를 나누었다. 버핏과 게이츠도 인사를 나누었다. 모두 이 두 사람이 서로에게 매력을 느끼는지에 대해 호기심 어린 눈으로 주의 깊게 살펴보았다. 각자 자신의 분야에서 최고의 자리에 오른 두 사람, '부의 제왕' 자리를 놓고 엎치락뒤치락하며 다투는 두 사람이었기에 사람들이 그러한 관심을 갖는 건 당연한 일이었다.

게다가 게이츠는 자신이 별 관심 없는 분야에 대해서는 흥미를 갖지 못했고 그걸 직설적으로 드러내는 것으로 유명했기 때문에 그가 버핏을 어떻게 대할지 모두가 궁금했던 것이다. 반면, 게이츠와는 달리 버핏은 컴퓨터 업계의 이 젊은 거인을 무척 만나보고 싶어 했다. 그는 게이츠를 보자마자 우스갯소리를 했다.

"나는 내게 별 관심이 없는 사람들을 찾아다니는 취미가 있답니다. 그래서 난 당신을 만나고 싶었지요. 하하하."

버핏의 농담에 게이츠도 유쾌하게 웃었다. 집안으로 들어와 자리를 잡자마자 두 사람은 얘기를 나누기 시작했다. 먼저 버핏이 게이츠에게 질문을 했다.

"IBM이 앞으로도 잘나갈 것 같나요? IBM이 직면하고 있는 변화와 도전에 대한 당신 생각은 어떤가요? 그리고 IBM이 마이크로소프트의 경쟁자가 맞습니까?"

버핏의 질문에 게이츠는 이렇게 대답했다.

"그런 질문을 누군가가 해주기를 애타게 기다리고 있었습니다."

게이츠는 버핏에게 IT 산업의 현황과 미래 지도에 대해 많은 이야기를 해주었다.

두 사람은 그날 밤 평생 해도 질리지 않을 사업과 투자 관련 이야기를 하며 몇 시간을 보냈다. 대화가 잘 안 될 거라 생각했던 게이츠의 예측은 완전히 빗나갔다.

두 사람은 아예 다른 사람들은 제쳐놓은 채 그들만의 세계에 몰두했다. 그들은 서로가 추구하는 사업적 가치에 대해 충분한 이해의 시간을 가졌다.

섬에서의 인상적인 첫 만남 이후 두 사람은 25년이라는 세월을 뛰어넘어 아주 친한 친구가 되었다. 네브래스카와 워싱턴의 미식축구 시합을 함께 보러 가기도 하고, 세계 정세에 대해 논의하기 위해 2년마다 열리는 버핏과 그 친구들의 모임인 '버핏 그룹'에 게이츠도 참석하기 시작했다.

하루는 게이츠가 버핏에게 9시간 동안에 걸쳐 마이크로소프트에 대해 설명해주었다. 버핏은 나중에 동업자 멍거에게 그때의 일을 이렇게 전했다.

"컴퓨터에 대해선 게이츠보다 더 나은 선생은 없을 것이고, 나보다 더 바보 같은 학생은 없을 걸세. 하지만 그때 게이츠에게 들은 이야기 때문에 이제 컴퓨터의 세계에 대해 조금은 이해하게 되었다네. 게이츠는 내가 이해할 때까지 지치지 않고 설명했고 내 질문에 대해 대답했다네. 정말 열정적이고 집요한 친구였지."

게이츠에게 9시간 동안 컴퓨터에 관련된 이야기를 들은 날, 버핏은 개인적으로 마이크로소프트 주식 100주를 사들였다.

또한 버핏과 게이츠는 서로가 브리지 게임을 좋아한다는 사실을 확인했으며, 게이츠는 컴퓨터와 전혀 친하지 않았던 버핏에게 컴퓨터로 브리지 게임을 할 수 있도록 해주었다. 그리고 게이츠는 시애틀에서, 버핏은 오마하에서 온라인으로 함께 카드 게임을 즐기기 시작하면서 그들의 우정은 더욱 깊어졌다.

●● 만나면 브리지 게임을 즐기는 워런 버핏과 빌 게이츠. 1991년에 처음 만난 두 사람은, 긴 시간 나이를 초월한 깊은 우정을 쌓아가고 있다.

버핏이 컴퓨터에 빠지기 시작한 것은 온라인을 통해 전국에 있는 친구들과 브리지 게임을 할 수 있다는 사실을 게이츠에게 배우고 나서부터였다. 그 사실을 알게 된 후 6개월 동안 그는 퇴근만 하면 집으로 달려와 몇 시간이고 컴퓨터로 브리지 게임을 했다.

게이츠는 IT 부문에 대해 거의 아는 게 없는 버핏을 위해 책을 쓰기로 약속했다. 그런 계기로 쓰기 시작한 책이 바로 세계적인 베스트셀러《미래로 가는 길》이다. 그 책은 컴퓨터에 대해 아무것도 모르는 사람들이 개인용 컴퓨터를 활용하고 컴퓨터의 세계를 이해할 수 있도록 안내하는 책으로 게이츠와 버핏의 우정이 어느 정도인지를 보여주고 있다.

20세기 100년 동안
가장 탁월한 투자가

빌 게이츠와의 진한 우정에도 불구하고 버핏은 버크셔 해서웨이를 위해 마이크로소프트의 주식은 사지 않았다. 반면 게이츠는 그의 개인적인 투자 포트폴리오에 버크셔 해서웨이의 주식을 포함시켰다.

1992년 여름 버크셔 해서웨이 주식 한 주의 가격이 1만 달러를 돌파했고, 10개월 뒤에는 1만 7,800달러에 거래되었다. 버핏이 정식으로 버크셔 해서웨이의 경영을 맡게 되었던 1969년의 주당 가격이 겨우 43달러였던 걸 봤을 때 엄청난 성장이었다.

물론 버핏 역시 자신의 실수와 그릇된 판단을 인정해야 하는 잘못된 결정을 하기도 했다. 그러나 그런 경우에도 버핏은 언제나 손실을 최소화하는 전략을 구사했다. 따라서 몇 번의 손실에도 불구하고 S&P 500지수 *를 능가하는 실적을 보였고, 버크셔 해서웨이의 주식가치가 30만 퍼센트나 증가하는 데 주도적인 역할을 했다.

그러나 버핏은 1990년대 강세시장에 불을 지폈던 IT 산업 관련 투자에는 여전히 고개를 저었다. 게이츠와의 친분은 계속 이어졌지만 그의 투자 원칙에 영향을 미치진 못했다. 버핏은 IT 관련 기업들이 갖고 있는 근원적인 가치를 확신하지 못했고, 자신이 이해하지 못하는 사업에 투자하길 싫어하는 오랜 습관도 작용했기 때문이다.

버핏의 이러한 성향은 투자자들 사이에서 뒷말을 만들어 냈다. 월 스트리트의 투자자들은 버핏이 인터넷이 주도하는

---

* 미국의 '스탠더드 앤드 푸어' 사가 작성해 발표하는 주가지수. 스탠더드 앤드 푸어가 기업 규모, 유동성, 산업 대표성을 감안하여 선정한 보통주 500종목을 대상으로 작성해 발표하는 주가지수로 미국에서 가장 많이 활용되는 대표적인 지수다. 공업주(400종목), 운수주(20종목), 금융주(40종목)의 그룹별 지수가 있으며, 이를 종합한 것이 S&P 500지수다.

'신경제'를 이해하지 못한다고 여겼다. 그리고 '오마하의 현인'은 이제 한물간 노인네가 되었다고 비아냥거렸다.

그러나 2000년 초가 되자 IT 부문에 대해 버핏이 갖고 있던 의심은 근거 있는 것으로 드러났다. 그의 의심대로 많은 컴퓨터 관련 기업들이 지나치게 고평가된 것으로 밝혀졌고 그들의 주식은 정신없이 곤두박질쳤다. 닷컴 기업들은 한 번에 수십 개씩 줄줄이 도산했고 전체적인 주식시장도 폭락 장세를 형성하여 특히 IT 부분에 치우친 투자를 해온 투자자들은 심한 타격을 입었다.

2000년과 2002년 사이에 S&P 500지수 기업은 약 40퍼센트 정도 가치가 하락되는 것을 경험했다. 반면 같은 기간에 버크서 해서웨이의 수주들은 10퍼센트가 넘는 이익을 건져 올렸다. '오마하의 현인'이 한물갔다는 사람들의 평가는 다시 바뀌어 '버핏은 역시 거장'이라는 평판이 자자해졌다.

머니 게임이 아니라 **기업가 정신을 원해**

버핏은 부의 가치를 정당하게 만드는 윤리적 원칙을 자주 뒤흔드는, 월 스트리트의 대세에 따르길 거부했다. 그와 동시에 미국의 기업문화를 가장 자주 비판하는 사람이 되어 있었다. 버핏은 보너스와 스톡옵션stock options*, 그리고 엄청난 퇴직금을 통해 주주들을 희생시키고 제 뱃속을 채우는 미국식 CEO와 그들의 측근을 비난했다.

그는 주주들에게 보낸 편지에서 다음과 같이 지적했다.

"미국에서 임원에 대한 보상은 터무니없을 만큼 실적과 동떨어져 있는 경우가 너무 많습니다. 더욱이 CEO의 임금과 관련해서는 투자자들이 부당하게 이용당하게 되어 있기 때문에 이런 상황은 바뀌지 않을 것입니다. 간단히 말하면, 보통 수준이거나 그 이하의 능력을 지닌 CEO가 자신이 손수 임명한 이사들과 컨설턴트의 지원사격을 등에 업고 잘못 만들어진 보상체계를 통해 엄청난 돈을 챙기는 경우가 너무 많다는 것입니다."

버핏이 투자한 기업인 시즈 캔디즈와 아이스크림 기업

---

*│회사가 임직원에게 자사의 주식을 원래의 가격 또는 시세보다 훨씬 낮은 가격으로 매입할 수 있게 한 뒤, 일정 기간이 지나면 임의로 처분할 수 있는 권한을 부여하는 것이다. 주가가 오르더라도 직원들이 주식을 싼 값으로 살 수 있게 함으로써 직원들의 근로의욕을 북돋는 일종의 보상제도다.

'데어리 퀸'의 사장에서부터, 보험회사 '제너럴 리'와 의류업체 '프룻 오브 더 룸'의 많은 경영자들도 적지 않은 연봉을 가져간다. 그러나 실적 보너스나 특별 보상금, 또는 버크셔 해서웨이 주식에 대한 옵션까지 받지는 못한다. 전체 버크셔 해서웨이 소유의 기업에서 나오는 모든 순이익은 버핏과 멍거가 적합하다고 판단하는 곳에 투자하기 위한 금융자원의 일부가 되기 때문이다.

버핏은 새로운 기업을 인수하는 데 계속 상당량의 돈을 투입했다. 심지어는 주주들에게 보내는 연례 서신을 통해, 만약 기업 소유주들이 버크셔 해서웨이의 일부가 되길 원할 경우 자신에게 연락해달라는 공개적인 메시지를 남기기도 했다.

"만약 여러분에게 건실한 사업체가 있다면 연락 주십시오. 저는 희망에 부푼 10대 소녀처럼 여러분의 전화를 기다리겠습니다."

버핏은 그가 좋아하는 '숨은 보석'인 알짜 기업을 찾기 위해 여전히 부지런하게 움직였다. 그런 결과 2002년 '팸퍼드 쉐프'의 오너인 도리스 크리스토퍼를 만나게 되었다. 1980년, 크리스토퍼는 겨우 3,000달러를 투자해서 홈파티 세일즈(집에서 다과를 즐기며 주부들에게 사용법을 설명하고 제품을 홍보하는 파티-옮긴이)를 통해 주방용품, 오븐용 내열접시, 고급 음식의 양념 등을 파는 사업체를 설립했다. 22년 뒤 팸퍼드 쉐프는 자기 집에서 일하는 7만여 명의 독립적인 컨설턴트 인력을 통해 연 7억 달러의 매출을 올리게 되었다.

평소의 습관대로 버핏은 팸퍼스 쉐프의 재무기록을 꼼꼼히 연구했다. 그리고 8월에 도리스 크리스토퍼와 그녀의 CEO, 쉐일라 오코넬 쿠퍼를 오마하로 초대하여 개인적인 만남을 가졌다. 크리스토퍼와 쉐일라의 경영자적 자질을 테스트해보고 싶었기 때문이었다. 그 두 사람은 버핏의 마음을 움직였다.

'이 사람들은 정말 자기 일을 사랑하는 사람들이야. 이런 사람들은 성공할 수밖에 없어.'

그들이 열정과 부지런함이라는 자신이 가장 소중하게 생각하는 성공의 DNA를 가졌다는 사실을 확인한 버핏은 그들의 회사에 투자를 결정했다. 그리고 2002년 9월 버크셔 해서웨이의 팸퍼드 쉐프 인수 계획을 발표했다.

버핏은 크리스토퍼가 버크셔 해서웨이 그룹의 경영자가 될 만한 자질을 갖추고 있다고 판단했다. 버핏은 이렇게 기업가적 열정과 도전정신이 있는 사람을 찾아내는 일이, 이제 자신에게 주어진 가장 큰 미션이라 생각하고 있었다.

보통 사람들이라면 은퇴해야 할 나이가 한참 지난 후에도 버핏은 40년 동안 이용해왔던 키위트 플라자의 수수한 사무실에서 여느 때와 마찬가지로 계속 일을 하고 있다. 세계에서 가장 수익이 많은 기업 중 한 곳의 최고 경영자임에도 버핏은 직원 규모를 적게 유지하고 10만 달러의 연봉만 챙긴다. 실제로 키위트 플라자에서 일하는 직원은 20명도 안 된다.

2006년경 버핏은 인터뷰를 하러 자신의 키위트 플라자 사무실에 들른 한 기자에게 이런 말을 한 적이 있었다.

"왜 저는 매일 이곳으로 달려와 일을 하고 싶어 안달하는 걸까요? 그건 돈 때문이 아닙니다. 그것은 제가 원하는 방식대로 일을 하기 때문입니다. 저는 저 자신의 캔버스에 그림을 그리지요. 마치 여기서 미켈란젤로가 되어 시스틴 성당에 그림을 그리고 있는 듯한 기분입니다. 파란색 물감 대신 붉은색을 사용하라는 식으로 간섭하는 사람도 없습니다. 전 제가 원하는 물감으로 제가 원하는 그림을 그릴 수 있습니다. 전 이게 참 좋습니다."

어린 시절부터 돈의 세계에 호기심이 많았고, 그 원리가 참으로 궁금했던 사람, 그 원리를 알아내기 위해 부지런히 노력한 사람, 그리고 자신이 좋아하는 일을 찾아 하루하루 열심히 달려온 사람. '20세기 100년 동안 가장 탁월한 투자가'라는 전설 같은 명성 뒤에는 이처럼 단순하고도 명쾌한 한 사람의 모습이 숨겨져 있었다.

돈을 정말 사랑한 사람, 그 사랑을 세상에 다시 돌려주다

여전히 소박한 사람

여러분은 아마 '주주총회'라는 말을 들어봤을 겁니다. 증권거래소에서 거래하는 모든 기업은 법에 따라 매년 주주들이 참석하는 총회를 개최해야 하는데, 이 총회를 주주총회라고 합니다.

오마하에서 열리는 버크셔 해서웨이의 연례 주주총회는 참 특별합니다. 전 세계의 주주들이 참여하는 장대한 파티처럼 보입니다. 자신의 재정적 성공을 축하하기 위해 오는 사람도 있고, '오마하의 현인'이라 불리는 세계 최고의 투자가에게 투자의 지혜를 구하러 오는 사람도 있습니다.

버핏은 이 주주총회를 '자본주의의 우드스탁'이라 부릅니다. 1969년 뉴욕 주의 우드스탁에서 열린 역사적인 록 콘서트를 빗댄 표현입니다.

버핏은 이 행사를 즐기며 버크셔 해서웨이의 주주들과 어울리는 것을 좋아합니다. 그는 다량의 A급 주식을 보유한 초특급 부자들과 한 주나 두 주 정도의 B급 주식을 구입한 평범한 투자자들 사이에 선을 긋지 않습니다. 1989년에 매입한 보석점인 '보르쉐임' 같은 버크셔 해서웨이 소유의 현지 매장에서 열리는 특별 파티에는 모든 주주들에게 참석 기회가 주어집니다. 물론 너무 많은 사람들이 오고 싶어 하기 때문에 선착순으로 예약을 받습니다.

운 좋게 예약에 성공한 사람들은 버핏과 함께 식사를 합니다. 세계에서 가장 부자인 버핏이 즐겨 찾는 음식점은 오마하에 있는 '고라츠'라는 소박한 스테이크집입니다. 버핏은 이곳에서 오마하를 방문한 사람들과 격의 없이 뒤섞이고 악수하며 사인을 해주기도 합니다.

주주나 자본가들에게 오마하는 성지 순례처럼 꼭 한 번은 들러야 하는 곳이 되었습니다. 주주들은 버핏을 매우 좋아하고 또 존경합니다. 버핏의 소박한 삶의 방식이 큰 감동을 주기 때문입니다. 엄청난 부를 지닌 버핏은 여전히 보통 사람들과 똑같이 코카콜라와 데어리 퀸의 아이스크림을 즐깁니다.

세상에 돌려주기 위하여

2006년 6월 25일, 버핏은 세계적인 뉴스의 주인공이 되었습니다. 물론 버핏의 투자 결정은 미국을 넘어 세계 경제에 미치는 영향이 크기 때문에 언제나 중요한 뉴스가 됩니다. 그러나 그날은 다른 이유가 있었습니다.

바로 그날, 버핏은 자신의 엄청난 재산 중 많은 액수를 '빌&멜린다 게이츠 재단'에 기부할 것이라고 발표했습니다. 버핏이 재산을 기부하기로 결정한 그 재단은 25년의 나이 차이를 뛰어넘어 20년 가깝게 우정을 유지해오고 있는 친구 빌 게이츠 부부가 운영하는 재단입니다.

버핏은 사실 1996년쯤부터 이 문제에 대해 생각했습니다. 10년이 넘는 오랜 시간 동안 생각한 셈입니다. 버핏은 자신의 막대한 개인 재산을 어떤 형태로 세상에 환원할지에 대해 가끔씩 구상은 하고 있었지만 드러내놓고 고민하진 않았습니다. 왜냐하면 아내 수잔에게 그 역할을 맡기고 싶어서였습니다.

그러나 그것은 버핏의 뜻대로 되지 않았습니다. 2004년 7월, 아내 수잔이 버핏과 함께 와이오밍의 코디에 있는 친구들을 방문하던 중 뇌졸중으로 갑작스럽게 세상을 떠났기 때문입니다. 너무 갑자기 아내를 떠나보낸 버핏은 한동안 상심에 빠져 있었습니다. 마음을 추스른 다음 버핏은 가장 먼저 사회 환원에 대한 일을 마무리해야겠다고 결심했습니다.

버핏은 그동안 아내와 세 자녀를 통해 자선단체를 설립했고 그들에게 기금을 관리하는 역할을 맡겨왔습니다. 또한 그들이 가치 있다고 여기는 일에 돈을 기부하도록 해왔습니다.

버핏은 자식들에게 돈 버는 법을 가르치기보다는 아버지가 평생 번 돈을 세상에 돌려주는 역할을 맡기고 거기에서 행복을 발견하도록 가르쳤습니다. 그 일이 남들보다 부자 아버지를 가진 사람으로서 해야 할 소명이라고 생각한 것입니다. 큰아들 하워드 버핏(큰아들에게 아버지 하워드와 같은 이름을 지어주었습니다)은 '하워드 버핏 재단'을 통해 아프리카에서의 작물 생산을 증진하고 야생동물을 보호하며 기타 환경을 개선하는 사업을 지원해오고 있습니다.

버핏의 딸 수잔 A. 버핏(딸에게는 아내 이름을 붙여주었습니다)은 공중보건 사업과 함께 저소득층 자녀의 조기 아동교육을 후원하는 자선단체를 이끌고 있습니다. 음악가이자 작곡가인 버핏의 막내아들 피터 버핏(음악에 대한 열망이 있던 어머니 수잔의 재능을 물려받은 모양입니다)은 '스피릿 재단'을 운영합니다. 이 재단은 예술과 교육, 그리고 복지사업을 후원하기 위한 보조금을 지급합니다.

그러나 버핏 가족이 맡아온 자선단체들 중 가장 큰 단체를 이끌어 온 사람은 아내 수잔이었습니다. 그녀가 운영해오던 '수잔 T. 버핏 재단'은 주로 의학 연구와 관련 사업 지원에 초점을 맞춰왔습니다. 또 가난한 불치병 말기환자들을 위한 호스피스 시설과 여러 가지 사회복지사업을 후원했습니다.

빌 게이츠 부부가 적임이야

아내가 세상을 떠난 후 버핏은 자신의 버크셔 해서웨이 주식을 아내 수지가 이끌어오던 수잔 T. 버핏 재단에 기부하는 문제를 먼저 검토했습니다. 그러나 그곳은 직원이 5명뿐인 작은 재단이라 수십억 달러나 되는 큰돈을 제대로 관리하는 것은 역부족이라는 결론을 내렸습니다. 재단 운영에도 기업 경영 못지않은 정교한 운영 노하우가 필요하기 때문입니다.

그리고 버핏은 친구 빌 게이츠를 떠올렸습니다. 게이츠와 그의 아내 멜린다는 재단 운영에 상당한 열정과 노하우를 갖고 있는 사람이라 그들이라면 안심하고 맡길 수 있겠다는 생각이 들었습니다.

그리고 2006년 6월 25일, 버핏은 자신의 버크셔 해서웨이 주식 대부분을 단계적으로 빌&멜린다 게이츠 재단에 기부하겠다고 발표했습니다. 당시 이 주식의 가치는 약 310억 달러였습니다.

또한 버핏은 60억 달러 상당의 주식을 게이츠의 가족이 관리하는 4개의 자선재단에 추가로 분리 증여하겠다고 약속했습니다. 이 370억 달러의 선물先物(장래의 일정한 시기에 현품을 넘겨준다는 조건으로 매매계약을 하는 거래 종목—옮긴이)은 역사상 최대 규모의 자선을 목적으로 한 기부였습니다. 세계 최고의 부자인 만큼 기부 규모도 역사상 최고였습니다.

버핏은 빌&멜린다 게이츠 재단의 운영방식과 노하우를 신뢰했습니다. 이 재단은 에이즈, 말라리아, 폐결핵 같은 치명적인 질병을 퇴치하는 사업과 세계의 균형 발전 및 균형 교육에 집중하고 있었습니다. 게이츠 부부와 그 외의 사람들로부터 약 300억 달러의 기부 약속을 받아놓은 이 재단은 이미 세계 최대의 민간 자선재단이 되었습니다.

버핏은 자선사업 역시 쉬운 게 아니라는 생각을 갖고 있었습니다. 대단히 치밀하고 효율적으로 운영하지 못한다면 아무리 많은 기금을 가지고도 성과를 내지 못한다는 게 그의 생각이었습니다. 그런 면에서 빌 게이츠 부부는 자신의 재산을 효율적으로 사용할 수 있는 열정과 능력을 갖춘 적임자라는 생각을 하게 된 것입니다.

빌&멜린다 게이츠 재단의 입장에서는 버핏의 기부가 너무나 반가운 일이었습니다. 단지 기부에서 끝나는 것이 아니라 버핏이라는 거장이 재단 이사회에서 활동하기로 약속했기 때문입니다. '오마하의 현인'의 지혜를 빌려 재단을 운영할 수 있게 되었으니 천군만마를 얻은 심정이었습니다.

빌&멜린다 게이츠 재단은 버핏의 버크셔 해서웨이 주식을 시간을 두고 여러 묶음으로 나눠 받기로 했습니다. 또 전체 묶음을 한꺼번에 팔지도 않을 것이기에 버핏이 준 선물先物의 가치는 버크셔 주식의 가치가 높아지면서 더 확대될 것입니다.

과거의 실적을 근거로 추정해본다면, 이 재단은 버핏으로부터 310억 달러가 훨씬 넘는 돈을 받게 될 확률이 큽니다. 버크셔 해서웨이의 A급 주식은 2006년 10월에 주당 10만 달러였던 것이 2007년에는 약 12만 8,000달러에 거래되었습니다.

●●기자회견장에서의 빌 게이츠(왼쪽)와 그의 부인 멜린다 게이츠(가운데) 그리고 워런 버핏. 2006년, 버핏은 자신 소유의 엄청난 재산 중 많은 액수를 빌 게이츠 부부가 운영하는 '빌&멜린다 게이츠 재단'에 기부할 것이라고 발표했다. 평생 벌어들인 부의 환원에 앞장서고 있는 버핏과 게이츠.

이는 아주 대단한 규모입니다.

기부 권유 활동을 하며
의미 있는 노년의 모습으로

2006년 버핏에게는 또 다른 일이 있었습니다. 아내 수지가 세상을 떠난 지 2년이 되었을 때 벌써 30년 가까운 시간을 함께 해온, 오랜 친구이자 소울 메이트인 애스트리드 맹크스와 재혼을 한 것입니다. 그들이 부부가 되기로 결심한 것은 수잔이 세상을 떠나기 전 맹크스에게 버핏을 잘 부탁한다는 말을 남겼기 때문입니다.

세계 최고의 부자인 버핏 부부시만 그들은 여전히 1958년에 구입한 파르남 가에 있는 집에 살고 있습니다. 버핏은 사람이든 집이든 한 번 인연을 맺으면 그 인연을 아주 오랫동안 이어가는 것 같습니다.

그리고 버핏에게 새로운 흥미가 생겼습니다. ABC의 낮 시간 드라마인 〈올 마이 칠드런〉에 카메오로 출연하게 되었는데 그 후로 무대에 서는 것을 좋아하게 되었습니다. 그리하여 한번은 오마하의 시민극장이 제작한 〈애니〉라는 작품의 대디 와

벅스의 역을 맡기도 했습니다. 그렇게 버핏은 전혀 다른 일에
도전하여 또 다른 자신만의 즐거움을 경험하게 되었습니다.

버핏은 2015년 여든 다섯 살로 이제는 정말 노인이 되었습
니다. 하지만 그는 아직도 열정적이고 세상의 변화에 뒤처지
지 않은 부지런한 사람입니다. 페이스북에 자신의 소소한 일
상을 올리며 사람들과 열심히 소통합니다. 실리콘밸리의 성공
한 IT 기업가들에게는 하루라도 빨리 기부의 행복함에 눈뜰 것
을 권유하는 적극적인 활동을 하며 의미 있는 노년을 보내고
있습니다. 그는 당신의 행복은 뭐냐는 질문에 "좋아하는 사람
과 좋아하는 일을 하는 것"이라고 대답했습니다. 그는 돈을 정
말 사랑했고, 돈은 그 사랑을 알았기에 오랜 시간 그의 곁에
머물렀습니다. 그런데 이제 그는 그 사랑을 세상에 다시 돌려
주고 있습니다. 부지런히 돌아다니며 나눔의 의미를 실천하고
전파하는 버핏은 행복한 할아버지가 되었습니다.

■ 워런 버핏이 걸어온 길

1930 8월 30일, 네브래스카 주 오마하에서 출생.

1943 아버지 하워드 버핏이 하원의원에 당선, 가족과 함께 워싱턴으로 이주.

1950 네브래스카 대학에서 경영학 학사 학위 취득 후 컬럼비아 경영대학원
      에 진학. 컬럼비아 경영대학원에서 버핏의 스승, 가치투자의 대가인 벤
      저민 그레이엄을 만나게 됨.

1951 컬럼비아 경영대학원 석사 학위 취득 후 벤저민 그레이엄의 회사에서
      일할 것을 지원했지만 거절당함. 네브래스카 대학에서 '투자 원리'에
      대한 강의를 함.

1952 수잔 톰슨과 결혼.

1953 딸 수잔 A. 버핏 출생.

1954 벤저민 그레이엄의 투자조합인 그레이엄 뉴먼 사에 입사. 아들 하워드
      버핏 출생.

1955 오마하로 돌아와 투자 파트너십인 버핏 투자조합 설립.

1958 아들 피터 버핏 출생.

1959 평생을 사업 파트너로 함께하게 될 찰리 멍거를 만남.

1962 버크셔 해서웨이의 주식을 사들이기 시작함.

1969 버핏 투자조합의 문을 닫고 버크셔 해서웨이를 상장시킴. 회사를 직접
      매입하기 시작함

1972 블루칩 스탬스에서 벌어들인 자금으로 시즈 캔디즈를 매입.

1973 워싱턴 포스트 사의 주식을 사들이기 시작해 이사회의 일원이 됨.

1976	보험회사 게이코를 인수하기 시작함.

1976 보험회사 게이코를 인수하기 시작함.

1977 〈버펄로 이브닝 뉴스〉 매입. 아내 수잔 버핏이 자신의 꿈을 위해 독립을 하겠다며 샌프란시스코로 떠남.

1983 네브래스카 퍼니처 마트 매입.

1988 10억 달러 가치의 코카콜라 주식 매입.

1991 빌 게이츠를 만남. 버핏과 게이츠는 25년이라는 큰 나이 차이를 극복하고 깊은 우정을 나누게 됨.

1993 버크셔 해서웨이의 A급 주식이 주당 1만 7,000달러 이상으로 거래되면서 〈포브스〉지에 의해 미국 최고의 부자로 선정됨.

1999 IT 관련 주식과 기술주가 강세를 보이는 가운데 버크셔 해서웨이는 최악의 실적을 기록함.

2000 IT 관련주가 폭락하면서 버핏이 그동안 기술주 매입을 거부했던 정당성이 입증됨.

2002 프룻 오브 더 룸과 팸퍼드 쉐프 매입.

2004 아내 수잔 버핏이 와이오밍에서 뇌졸중으로 사망.

2006 자신의 재산을 '빌＆멜린다 게이츠 재단'에 기부한다고 발표함. 세계 역사상 최대 규모의 기부로 기록됨.
오랜 친구인 애스트리드 맹크스와 재혼.
버크셔 해서웨이 A급 주식이 주당 10만 달러가 넘는 가격에 거래됨.

2006 총재산 620억 달러로 〈포브스〉 선정 세계 최고의 부자로 기록됨.

2015 페이스북 등에 소소한 일상을 올리고 사람들에게 기부를 권유하며 의미 있는 노년을 보내고 있음.

옮긴이 권오열

한국외국어대학교 영어과와 연세대학교 대학원 영어영문학과를 졸업했다. 현재 번역가 에이전시 하니브릿지에서 전문번역가로 활동하고 있으며, 정상영어학원에서 고등학생들에게 영어를 가르치고 있다. 주요 역서로는 《오프라 윈프리 이야기》《스티브 잡스 이야기》 외 다수가 있다.

사진제공

게티이미지 : 173, 190, 232, 279쪽
연합포토 : 표지, 220, 262쪽

이 책에 사용된 사진 중 저작권자를 찾지 못한 일부 사진에 대해선 저작권자가 확인되는 대로 게재 허락을 받고 통상의 기준에 따라 사용료를 지불하도록 하겠습니다.

롤모델 시리즈 05
워런 버핏 이야기

개정판 1쇄 발행 2016년 1월 5일
        3쇄 발행 2023년 7월 5일

지은이 앤 재닛 존슨
옮긴이 권오열

발행인 주정관
발행처 움직이는서재
출판등록 제2015-000081호

주소 서울특별시 마포구 양화로 7길 6-16 서교제일빌딩 201호
주문 및 문의 전화 (02)332-5281 ㅣ 팩스 (02)332-5283

ISBN 979-11-86592-23-6   03840